秘密の一夜から始まる懐妊溺愛婚

～財界策士は囚われ花嫁をベビーごと愛で包み抱く～

m a r m a l a d e b u n k o

伊月ジュイ

marmalade bunko
マーマレード文庫

目次

秘密の一夜から始まる懐妊溺愛婚
～財界策士は囚われ花嫁をベビーごと愛で包み抱く～

秘密の一夜から始まる懐妊溺愛婚

〜財界策士は囚われ花嫁をベビーごと愛で包み抱く〜

プロローグ

「恵真《えま》。俺をたぶらかしてごらん」

そう挑発的に囁いて、彼は私の体を壁に押し付け、強引に唇を奪った。

罪の意識に苛まれる私をよそに、口づけを深めていく。

彼のことはよく知らない。わかっているのは絢斗《あやと》という名前と、経営者あるいは投資家であり、それなりに資産を持つ人間だということ。

そして今、私にお金のために抱かれるか否かの決断を迫っている。

艶やかな黒髪に、夜の海のように暗く凪いだ眼差し、綺麗な弧を描く唇。麗しい微笑は、彼の本心を隠す仮面のようだ。

「罪悪感？　必要ないよ。君は体を提供して、俺は金を提供する。需要と供給の問題だけだと思うけど」

愛情の欠片もない言葉に、胸が抉られる。

すべて偽りだったのだろうか。思いやりに満ちた言葉も、優しい笑顔も。

本当は私のことなど、どうでもいいと――金で買える女だと思っていたの？

それでも怒りが湧いてこないのは、彼に魅せられているからだ。

途方に暮れていた私の手を取り、素敵な景色を見せてくれた彼。

憎めない。心の奥底で、彼にならば触れられてもかまわないと思っていた。

それに、これまでのことすべてが偽りだったとはどうしても思えない。

「ごめんね、恵真。優しくするよ」

言い訳のように放たれたその言葉は、彼が誰よりも自責の念に駆られている証拠ではないのか。

「絢斗さん……」

助けを乞うように彼の名を呼ぶ。

口づけは心地よく、重なった体は温かい。彼の指先の軌跡が熱を帯び、肌を火照らせていく。意思に逆らい、鼓動が高鳴り昂った。

体が彼に愛されたいと言っている。たとえそこに、お互いの心が伴っていないとしても。

彼の本心など知り得ないけれど。私はこの情熱的な交わり合いが、ただの契約ではないと信じたかった。

第一章　愛とお金を結婚という名の天秤にかけて

その男はパーティー会場の中心でゲストに囲まれ尊大な笑みを浮かべていた。

高い身長にがっちりとした体躯、男らしく精悍な顔つき、自信に満ち溢れた佇まい、横柄な態度、鼻持ちならない言い草――と、いけない。本音が漏れてしまった。

嫌な男。出会ってまずそう思った。

彼の言動や立ち居振る舞い、身なりをひとつひとつ考察した結果、嫌いだと確信してしまった。

隣にいる兄は、給仕からシャンパンを受け取りにっこりと微笑みつつも、あの男から視線を外さない。シャンパンを口に運びながら、私にこっそりと耳打ちした。

「恵真。あれが榊弦哉《さかきげんや》。このパーティーのホストであり――」

「私が気に入られなくちゃならない相手、ね？」

兄が苦々しく笑う。私へ負い目を感じると同時に、背に腹は代えられないとも思っているのだろう。

「会場に入ってすぐにわかった。みんなの目線の交わるところにいるんだもの」

「この会場にいる人間の大半が、彼に媚びを売るために来ているからね」

「それをわかった上での、あの振る舞いなのね」

「そりゃあそうさ。権力を誇示するためだけにこんな豪勢なパーティーを開いているわけだし」

周囲を見回して息をつく。高級ホテルの大ホールを貸し切っての生誕パーティー。ゲストのほとんどが、榊弦哉の投資先企業の経営者や傘下の者たち。そしてほんの少しだけ、大物議員や権力者など、接待したい人間が賓客として招かれている。

このパーティーの目的は三つあるというのが兄の見解。

ひとつめは、配下の人間に権力を誇示するため。ふたつめは、祭り上げられている姿を賓客に見せつけ、自分の格を上げるため。

「自分の影響力を周りに知らしめる――上に立つ人間には、そういうのも必要なのかもしれないいな」

「お兄ちゃんは真似しなくていいからね」

「するかと思うか？」

兄が苦笑いを浮かべる。一応兄も経営者だけど、そんな横柄な態度は取らない。

兄は人望を集めて指揮するタイプの経営者だもの。榊弦哉とは違う。

そして、このパーティーの三つめの目的なのだけれど——。

「やっぱり、女性の参加率が高いわね」

「本人が公言したらしいからな。この中から婚約者候補を選ぶって」

このパーティーは大掛かりなお見合いでもある。

榊弦哉は旧財閥榊家の長男にして財界の王とも呼ばれる人物。結婚したいと願う女性は大勢いる。

現に参加者の三分の一は経営とは程遠そうなお年頃の女性だ。ゲストが身内の未婚女性を同伴者として連れてきているのだろう。

中には十代かな？　と思う女の子もいる。みな一様に美しく着飾り、榊弦哉の気を引こうとチャンスを狙っている。

それほどまでに榊家とコネクションを作りたいと思っているのだ。そして、それは私たちも同じ。

「恵真。こんな役回りをさせてすまない」

「今さらそんなことを言わないで。お兄ちゃんはずっと頑張ってきたんでしょう？　私だけだもの、なにも知らずにのほほんと生きていたのは」

「恵真だけは巻き込みたくないと思っていたんだよ。しかも、こんな形で——」

「大丈夫よ。って言っても、これだけたくさん女性がいる中で、一番になるなんてとても無理だと思うけれど」

「なるよ。きっとなる」

兄はテーブルにシャンパンを置くと、どこか悲しげな表情で私に向き直った。

「今日の恵真は、会場で一番綺麗だから」

そう言って、私の頭の上から足の先まで、するりと視線を流し息をつく。

今日はあえて目立つように、豪奢な振袖を着てきた。深緋の地色にはばたく金の鶴。色とりどりの花模様で装飾されて、とても美しく煌びやかだ。

「お母さんが持っている着物の中で、一番立派な着物を着てきたからね」

「それだけじゃないよ。恵真は顔が綺麗だし、スタイルもいいから。兄の俺が言うのもなんだけど」

目に皺を寄せてくしゃっと笑う。嬉しいような、困ったような、そんな表情で。

「……きっと目をつけられる」

それを望んでここに来たというのに、どうしてそんな悲しい顔をするのだろう。

「だといいわね」

「そうだけど……実際に見たら嫌になった。恵真をあんな男に渡すなんて」

「なにシスコンみたいなこと言ってるの」

「だってもしも、恵真が気に入られて、あの男の婚約者になったら――」

あの高慢そうな男と人生をともにしなければならない。一瞬ゾッとして――考えるのをやめた。

「なにも不幸になるって決まったわけじゃないわ。大丈夫よ」

いくら感じの悪い人だとしても、愛する人にまでそんな態度を取るとは限らないもの。奥さんにくらい優しいかもしれない。

「まずは気に入られることを考えましょう」

まだまだ榊弦哉の周りには人がいっぱいいるけれど、捌けるのを待っていたらいつになるかわからない。私と兄は人混みをかきわけるようにして彼のもとへ向かった。

私たちが彼のそばまで近づいたとき。

「帰れ。興味がない」

低く鋭い声が響き、その場にいた全員が凍り付いた。

帰れと言われたのは私と同じくらいの歳の女性。榊弦哉に一喝され、がたがたと体を震わせている。慌てて間に割って入ったのは、彼女の父親だろうか。彼女に少し似た雰囲気を持つ中年男性だった。

「さ、榊さん、娘はとても心優しい子で――」

「俺にその見目の悪い女が似合いだと？　ふざけるのも大概にしてくれ」

その言葉に女性はさらに体をこわばらせた。

なんてひどい言い方だろう。彼女は決して見た目が悪いなんてことはない。

小柄で目がくりっとしていて、肌は白くてふわふわだし、一般的に見てかわいい部類。私もこの子みたいにかわいげのある見た目に生まれたかったと本気で思う。

背が高く、目力の強い私は、『性格がきつそう』とか『怖そう』などと言われて敬遠されることが多かった。真逆の彼女が羨ましくて仕方ない。

そんなもやもやを抱えていると、榊弦哉は彼女の父親に目を落とし、嫌みな笑みを浮かべた。

「赤字続きで倒産寸前の企業を背負って玉砕覚悟で来たのだろうが、もう少し連れてくる女性は選別してもらいたい。そうだな、たとえば――」

榊弦哉が周囲を見回す。ふとその視線が私のもとで留まり、ぱちりと目が合った。

「ああ。君なら、俺の隣に立っても遜色ないだろうか」

周囲の目がいっせいにこちらに向く。え、と私は固まった。

震えていた女性も私を見上げて、泣きそうな顔をする。

そんな顔しないで。これは榊弦哉の好みの問題で、あなたに悪いところなんてひとつもないんだから――本気でそう感じた私は、その女性にも聞こえるようにやんわりと言い返した。

「好みは人それぞれでしょうから。そちらの女性も充分魅力的だと私は――」

「君が言っても嫌みにしかならないぞ？」

女性はその言葉を聞いて、悔しそうに唇をかみしめて駆け出していってしまった。彼女のあとを父親も追いかけていく。

嫌みなんかじゃなかったのに……。残された私は彼女への罪悪感とともに、榊弦哉に対する嫌悪を強くした。容姿を蔑むなんて、やっぱり彼は嫌な人だ。

榊弦哉が悠然とこちらに歩み寄ってくるのを見て、すかさず兄が前に出た。

「榊さん、ご無沙汰しております。天花寺《てんげいじ》製薬の天花寺翔真《しょうま》です。こちらは妹の恵真。本日はお招きいただきありがとうございます」

「ああ。かつて栄華を極めた天花寺製薬か。聞いていて耳の痛い話だったろうに」

榊弦哉の言葉に兄の笑顔がぴしりと固まる。

『赤字続きで倒産寸前』、『玉砕覚悟』――先ほどの発言を使った皮肉だろうか。

「天花寺製薬は、祖父の代では国内シェアナンバースリーだったな。父も期待していたようだが、今となっては負債を返すのに手いっぱいと見える。製薬会社に倒産はないと言われている時代に、本当に不思議な話だ」

なんて失礼な男だろう。しかし、言い返そうとした私の手を、兄が待ったとでも言うように掴む。

「おっしゃる通りです。ですが、我々は儲けより世のため人のためになる新薬開発に力を入れておりまして――」

「その甘ったるい経営思想が己の身を滅ぼしているという自覚がないのか？　売れるものを作り金を回すべきだ。君が経営者なら、な」

そう兄を一蹴し、榊弦哉は私に向き直った。大切な兄を侮辱され、もはや媚びを売る気にもなれない私は、彼をギッと睨みつける。

「ほう。生意気な顔だな。いいのか？　俺の金が欲しくてこの場に来たんだろう？本来、君は俺に媚びへつらう立場のはずだが」

こちらの足元を見て揺さぶってくる。そんな脅しに乗ってたまるものかと、私は余計ムキになった。

「我が社の理念をご理解くださらない方に投資していただく必要はございません！」

そう言い切ったあと、心の中でこっそり後悔した。

この男の言う通り、媚びを売らなければならなかったのに。お兄ちゃんごめんなさい、私は役に立たない妹です……。

しかし、もうあとには引けず、嫌悪感丸出しの目で睨む。すると――。

「あっはははは！」

榊弦哉が豪快に笑い出したので、私と兄は目を丸くした。

「気の強い女は嫌いじゃない。天花寺恵真だったな。覚えておく」

そう言い置き私たちの前から立ち去ると、議員バッジを付けた老齢の男性に話しかけに行った。

残された私と兄はぽかんとして顔を見合わせる。

「気に入られたのかしら。嫌われたのかしら……」

「さぁ……気味が悪いな。変な目のつけられ方をされなきゃいいんだが」

兄の言葉に、援助がもらえないどころか、嫌がらせをされたらどうしようと蒼白になる。

「お兄ちゃん……ごめんなさい」

「いいんだ恵真。そもそも、妹を使って家業をなんとかしようとした俺が間違ってた。大切な妹を金持ちと結婚させて負債をなくそうなんて、あいつの言う通り、経営者として未熟すぎるよな」

兄は困ったように笑って、私の頭に手を置いた。髪が乱れてしまわないように、優しく撫でてくれる。

幼い頃から兄がしてくれるこの仕草が大好きだ。少しでも兄の力になれればと思っていたのだけれど。

「恵真をあんなやつに渡さなくてよかった」

「お兄ちゃん……」

私たちはしばらく賓客の挨拶などを聞いていたが、これ以上この場にいても仕方がないと判断し、パーティー会場をあとにした。

「俺、手洗いに行ってくるから」

「私も軽く着物を直してくる。入口で待ってるね」

兄と待ち合わせの約束をして一旦別れ、私はパウダールームに向かう。

しかし、パーティー会場の入口があるエントランスから、通路に入ろうとしたところで、私は何者かに腕を掴まれ引き止められた。

驚いて振り向くと、そこには冷ややかな目をした榊弦哉が立っていた。

私は動転して声が出なくなり、とにかく腕を振り払おうと身じろぎする。

「暴れるな。俺に近づきたくてここに来たんだろう」

低い声で威圧され、びくりと震えそうになる。だが、怯えているとバレては相手をつけ上がらせるだけだと、恐怖をかみ殺し睨みつけた。

「生意気な目だ」

榊弦哉は口の端を跳ね上げ、胸ポケットから一枚の名刺を取り出す。

名刺には『代表取締役　榊弦哉』という名前と、彼が治めるたくさんの企業名が羅列されていた。

しかし、見せたいものはこれではなかったらしく、くるりとカードを裏返す。

そこにあったのは、『22時　1512号室』という走り書き。

「話を聞いてやる。今夜、その時間に来い」

「どうして……」

「俺に投資を頼みたくてここに来たのではないのか？」

榊弦哉が試すような笑みを浮かべる。私はまさかと思い眉をひそめた。

「天花寺製薬に投資してくださるんですか？」

「お前の態度次第で応じてやってもいい」

あれだけ悪口を並べておいて今さら投資する気に？

にわかには信じがたいが、こちらは藁にも縋る思いで頼るしかない。

「……わかりました。では、兄とともに──」

「違う。お前ひとりだ」

すると、突然腕を引き寄せられ顎を掴まれた。

憎々しげな笑みが近づいてきて硬直する。

「ひとりで来い。投資してほしいなら、お前が自力で乞え」

いやらしい目で覗き込まれ、榊弦哉の言いたいことをようやく理解する。

まさかこの人、投資を餌に、体を売れと言ってる？

ゾッと背筋が冷え逃げるように後ずさると、彼は愉悦に浸りながら私を見下ろした。

「気の強い女ほど、従わせがいがあるものだ」

なんて悪趣味なんだろう。この男のもとに行ったら、なにをされるかわからない。

込み上げてきた震えを抑えるように、私は自分の肩を抱いた。

「……そういうことでしたら、お断りします」

「ほう？　家業はどうでもいいということか？」

家業のことを口にされ、ごくりと息を呑む。

私の動揺が伝わったのか、榊弦哉は満足げな表情で立ち去っていった。

かみ殺していた震えが溢れ出し、今さら歯の根が合わなくなる。

どうしよう……お兄ちゃんに相談する？

しかし、相談すれば兄は必ず「そんな危ないところに行くな」と反対する。

だが――榊弦哉の言うことはもっともだ。私が我慢して従えば、家業が助かる。

両親や兄だけじゃない、大勢の社員と、新薬を待つたくさんの患者の命が救われるのだ。

逆に言えば、私がこの誘いを断れば、それだけたくさんの人が不幸になるということ。そう考えたら、私のわがままで「嫌だ」なんて言えない。

これはチャンスだ。過程はどうあれ、私は『榊弦哉に気に入られる』という目的を達成したのだから。

うまく気に入られれば、投資してもらえるかもしれない……。

私は名刺をクラッチバッグに押し込み、兄との待ち合わせ場所に向かった。

とにかく、兄にバレてはならない。なんとかごまかしてひとりにならないと。

「恵真？　そんなところにいたのか」

私がなかなか来ないから心配して探しに来たのだろう、兄が駆け寄ってきた。

「……どうした？　お手洗い、混んでたのか？」

「ああ、ううん、ちょっと友達から連絡が来て」

私はバッグからスマホを取り出し、ひらひらと振って取り繕う。

「近所にいるから、一緒に食事しないかって誘われたの。悪いんだけど、先に帰ってってくれる？」

「いいけど、その格好で行くのか？　一度着替えた方がいいんじゃ」

「ああ……えっと……ほら、この格好だから見せたいっていうか……」

すると、兄はなにかを察したらしく、ぎょっと目を剥いて頬を染めた。

「……あ、ああ、そうだよなあ！　せっかく綺麗な格好してるんだし、そりゃあ見せたい人のひとりやふたりくらいいるよなあ！」

妙に目線が落ち着かないのは、もしかして恋人と会うとでも誤解している？　そんな人はいないのだけれど……。

でもせっかく納得してくれたんだから、にこにこと頷いておく。

「母さんたちにはうまく言っておくから、好きなときに帰っておいで。帰り道には気をつけるんだぞ？」

兄は慌ただしく手を振ってホテルを出ていった。

なにはともあれひとりになった私は、ひっそりと息をつくと、バッグにしまっておいた名刺を取り出す。

約束の時間は二十二時――まだ三時間以上もある。

私はホテルのフロアガイドを確認し、最上階に展望フロアを見つけると、エレベーターに乗った。夜景でも眺めて混乱している頭を落ち着けたい。

最上階にはラグジュアリーなバーやレストランが入っている。

しかし、着物姿でひとり店に入っては浮くことに気づき、ひとまずフロアの端にある休憩スペースに向かった。

一面の窓に東京《とうきょう》の煌びやかな夜景が広がっている。観葉植物を囲むように配置された円形のソファに腰を下ろし、ぼんやりと景色を見つめた。

動揺しているせいか、せっかくの夜景も頭に入ってこない。手元にある名刺から目を逸らせず、深いため息をつく。

私は本当に、榊弦哉の誘いに乗っていいのだろうか。

私ができることと言えばこのくらいしかない。だけど――。

悩んでいると、ふとうしろから声が聞こえてきた。

「そこに行くつもりなのか?」

休憩スペースにいるのは自分だけだと思っていた私は、驚いて振り返る。

いつの間にやってきたのか、観葉植物を挟んで反対側に、スーツ姿の男性が座っていた。うしろ姿だから顔はわからないけれど、声からすると若そうだ。

今、私に話しかけたの……？

答えるべきか迷っていると、男性が肩越しに振り向き、端正な横顔を覗かせた。

「君に言ったんだ」

歳は私と同じ、あるいは、少し上くらいだろうか。落ち着いた雰囲気で、スタイリッシュだけれど嫌みのないミディアムヘア。

なにより驚いたのは、その美貌。長い睫毛と切れ長の目、すっと通った鼻筋に形のいい唇。肌は白くて艶やかだし首はすらりと長くて美しいし、まるでモデルのようだ。

それにしても、どうして突然話しかけられたのだろう。

しかも、私の心のうちを読んだかのような言葉だった。

なにも答えられずにいると、男性は私の手元——名刺を指差した。

「わかっているとは思うけど、君の体が目当てだ。そうやって榊弦哉は、気に入った女性を呼び出しては好き勝手している」

突然、核心を突かれたことにびくりとする。

「あなたはっ――」

誰ですか？　そう尋ねる前に男性がくすくす笑い出したから、私は目を瞬かせた。

「君、肝が据わっているね。会場でのひと言、スッキリしたな。『投資していただく必要はございません！』だっけ」

「聞いてたんですか」

「君の声が大きくて、聞こえてしまったんだ。だからこそ、君が狙われるだろうことも予想がついた」

男性は立ち上がると、こちら側にやってきて隣に座り直した。

私の手元から名刺を奪い取り、隠すように自身の胸ポケットへ差し込む。

「あ、ちょっと――」

「行っちゃダメだ。あの男は、反抗的な女性を服従させて楽しむサディストだから」

ゾッとすることを聞かされ、反論できなくなる。確かに本人も『気の強い女ほど、従わせがいがある』とおぞましいことを口にしていた。

「榊弦哉さんのこと、よくご存じなんですね」

「ああ。身内があの男に好き勝手されてね、少々恨みがあるんだ」

――榊弦哉に恨みを持つ人物？

男性は長い睫毛をゆったりと上下し、憂いを帯びた顔で微笑んだ。

「行かせたくないな。君があの男に好き勝手されるところを想像したくない」

「それは親切心ですか？　それとも、あの男への嫌がらせ？」

「もちろん、親切心だ。君のことを心配しているんだよ」

見ず知らずの人に突然『心配している』なんて言われても、イマイチ信用できないのだけれど……。

すると、突然彼が身を乗り出し、端正な顔をこちらに近づけてきた。

麗しくも哀しげな微笑に思考が乱される。予期せず胸が高鳴り、私はザッと身を引いた。

「そんなに飛び退くほどの距離だった？」

「きゅ、急に近づかれれば、驚きます……！」

「驚いているという割には、顔が真っ赤でかわいらしいね」

まるでこちらの考えなどお見通しとでもいうような顔だ。ちょっぴり癪に障る。

榊弦哉は尊大でわかりやすく嫌な男だったけれど、彼は彼で掴みどころのない不審さを放っている。なにを考えているのか全然読めない。

「そんなに警戒しないで。距離が近かったことは謝るよ。君の本心を見定めようとしただけだ」

「本心？」

「本当にあの男のところに行くつもりがあるのかな？　と思って」

きゅっと膝の上の手を握りしめる。彼の目に私はどのように映ったのだろう。

男に媚びを売ろうとする、嫌な女？　それとも、パーティー会場では強がって反抗していたくせに、結局はあの男の言いなりになる憐れな女？

「どう見えましたか？」

「君は一見すると意志が強そうだけれど、内面は真逆なんじゃないかな。本当は悩んで揺れている。よく誤解されるんじゃない？」

図星だった。はっきりした目鼻立ちと表情の乏しさから、気が強い女と思われがちだけれど、本当は全然そんなことはなくて。悩んでばかりで気が弱い。

思わず顔を背けると、男性は目を細め、困惑の表情を見せた。

「……やっぱり、君みたいな人には行ってほしくないな」

彼がなにを考えているのか、さっぱりわからないけれど、心配してくれているというのは本心のようだ。

「あなたはそうやって、榊弦哉がちょっかいを出しそうな女性を見つけては……その、助言？　して回っているんですか？」

「いや。声をかけたのは君が初めてだ。偶然、目についてしまったから」

男性は眉尻を下げると、いたたまれない顔で笑った。

「君の着物姿が、少しだけ姉に似ていたから。いろいろと思い出してしまって」

苦しそうな表情を見て、ああ、と私は直感する。

『身内があの男に好き勝手されて』――その身内というのはお姉さんなのではないか。

そう考えれば、彼がなぜ私に声をかけたのか説明がつく気がした。

「ご親切にありがとうございます。でも、私にも引き下がれない理由があるので」

名刺を返してもらおうと男性の胸ポケットに手を伸ばすと、彼がその手を掴み阻んだ。真っ直ぐに見つめられ、息を呑む。

漆黒の瞳は凪いだ夜の海のように、静かで空恐ろしい。

「綺麗ごととかフェミニストとか思われるかもしれないけれど、金銭を工面するのに女性が体を張るのは、やはり間違っていると思う」

口調は優しいのに、目には強い意志が感じられる。手を引こうとしても、彼は離してくれなかった。

「君にも事情があるんだろう。でも、それは君が人生を台無しにしてまでやらなければならないこと？　君の周りの人たちは、それを望んでる？」

兄の顔が頭をよぎる。『恵真をあんなやつに渡さなくてよかった』――そう言ってくれた兄。

でも、だからこそ、私がやらなければとも思う。

「……離してください」

「この手を離したら、憐れな被害者をひとり増やすことになる」

「あなたには関係ありません。お姉さんと私を重ねないで」

はっきり拒むと、彼は短く息をつき、ようやく私を解放してくれた。

今度こそ彼の胸ポケットに手を伸ばすが、彼は急に立ち上がり私の両手を握る。

「ちょっ……、なんなんですか！」

「指定された時間までまだだいぶあるんだろう？　暇つぶしに付き合うよ」

そう言って私を立たせると、エスコートでもするように自身の肘に私の手を置く。

「勝手にそんな……結構です」

「じゃあ残りの時間、ひとりで悶々と悩みながら、榊弦哉に襲われるときを待つ？」

嫌みな言い方をされ、男性を睨む。彼は意に介さずにっこりと笑った。

「君がなにを背負っているのか、聞かせてほしい。俺も一応、あのパーティーに出入りする程度には経営をかじっているから、助けになれるかもしれない。年長者からの助言とかね」

「――そこまで年上にも見えませんけど」

「三十二歳だよ。君よりは上だろう？」

「……二十八です」

「ほら。四つも上だ」

四つって、年長者と言うほどの差ではない気がするんだけど。

でも、なぜだろう。見た目は年齢通り――むしろ若く見えるのに、その余裕綽々の態度と自信に満ちた物言いは、もっと歳上にすら感じさせる。なんとなく頼もしい人だと思った。

「なんなら、背中を押してあげるよ。どんな道を選ぶとしても、覚悟があるとないとじゃ違うだろう？」

ぎょっとして彼を見返す。身を売って投資を得ようとしている女の背中を押すの？

「さっきは体を張るのは間違いだって言っていたのに？」

「個人的にはね。でも、綺麗ごとだけでどうにかなる世の中じゃないってことは、よくわかってるつもりだ」

そう言って哀しげな目をする。酸いも甘いも知ったような表情は、信用してもいい気がした。

「じゃあ、私の背中を押してもらえますか」

どこの誰だか知らないけれど、そこまで言ってくれるなら甘えさせてもらおう。

「オーケー。じゃあ行こうか、恵真」

私の名前まで知っていたことに驚き、胡乱気な目で訴えると「聞こえちゃったんだよ」と弁解した。どこまでも食えない人だ。

「では、私はあなたのことをなんと呼べば？」

ゆっくりとした歩調で私をエスコートしながら、彼は答える。

「絢斗、と」

「絢斗さん……」

響きを確かめるようにその名を口にすると、彼は眼差しを緩めた。

私たちは夜景を背にして歩き出す。

この先、私を待ち受けているものは絶望だというのに、彼がどこに連れていってくれるのか、どんな言葉をくれるのか、少しだけ楽しみになった。

第二章　俺をたぶらかしてごらん

「どういうことですか、これ……」

ホテルを出た私たちは、ハイヤーに乗り込み東京湾にやってきた。

食事でもするのかと思いきや、連れてこられたのは桟橋。そこに豪華な二階建ての大型クルーザーが横付けされていた。

「ディナークルーズ。したことない？」

「ありません……」

「へぇ。天花寺製薬の娘さんっていうから、結構なお嬢様かと思ってたのに」

「お嬢様なんかじゃありません。それに、お金があったのは祖父の時代です」

営利主義だった祖父と違って、父は世のため人のために行動する人だ。経営に関しても、利益よりも人を救うことを優先している。

生活もごく普通、むしろ細々としているくらいだ。

ただ、両親は子どもの教育にしっかりとお金を使う人たちで、茶道、華道、書道、ピアノ、バレエなど習い事をたくさんさせられた。着付けもこのときに学んだもので、今まさに役立っている。

「初めてでよかったよ。エスコートしがいがある」

そう言って絢斗さんは私の手を取りクルーザーに乗り込む。

「もしかして貸し切りですか？」

「もちろん」

「もちろんって……これ、百人以上乗れる船ですよね」

「正確には二百人」

唖然として言葉を失くす。二百人用のクルーザーをふたりで使うの？

あのパーティー会場にいたくらいだから、絢斗さんも経営者か資産家なのだろうとは思っていたけれど、クルーザーを簡単に手配できてしまうような人だったなんて。

「よく用意できましたね。事前に予約しておいたわけじゃないんでしょう？」

「うちが所有するクルーザーだからね。シェフの調達は少し手間取ったけれど」

「シェフ？」

「ディナークルーズって言っただろう？」

彼がにこりと微笑む。もしかして、船上でシェフが調理してくれるの？

車に乗る前、何度か電話をしていたけれど、同乗するシェフやスタッフの手配をしていたようだ。

「勝手にフレンチにしちゃったんだけどよかったかな？　ワインは飲める？」

「はい、少しだけなら」

二階のメインフロアに上がると、まるで高級レストランのように上品な椅子やテーブルが配置されていた。すべての席に真っ白なテーブルクロスが敷かれ、窓際のひと席だけ食器とグラスが並んでいる。

こんなに広いのに、本当に私たちだけしかいないようだ。

絢斗さんが椅子を引き、どうぞと手を貸してくれる。席に着くとクルーザーが動き出し、湾岸に並ぶビルの明かりがゆっくりと流れ始めた。

「綺麗……」

ぼんやりと窓の外を見つめる私を、絢斗さんは涼やかな目で見守る。

「せっかく素敵な着物を着たんだから、特別な思い出を作らないと」

「この着物は――」

榊弦哉に取り入るため、会場にいる女性たちの中で一番に目立とうとして――自己嫌悪とともに振り返ると、彼は人差し指を唇に当てた。

「嫌な記憶なんて塗り替えてしまえばいい。君は今日、俺とここに来るためにおめかししたんだ」

蠱惑的な微笑に目を奪われ、同時に心が軽くなった。

榊弦哉のためじゃない、今日、私は絢斗さんと出会い、ここに来るために着飾った。

そう考えれば胸の中の虚しさが少しは和らぐ気がした。

困ったな。こんなに素敵な経験をしたら、これからあの男のもとに行くのがもっと嫌になってしまいそうだ。

「背中、押してくれるんじゃなかったんですか？　これじゃ逆効果です」

「まだ事情を聞いていないからね。俺を納得させられなかったら、このクルーザーから降ろすのをやめようかな」

えっ!?　と私は腰を浮かせる。まさか行かせないために海の上まで来たの!?

私が焦ると、彼は「冗談だよ」と言ってくつくつと肩を震わせた。

「君を行かせたくないのは本心だけど。今はとにかくディナーを楽しもう」

絢斗さんは慣れた様子でスタッフにオーダーを済ませる。やがてワインと前菜が運ばれてきた。

「すごい……本格的なフレンチ……」

「ここまで来て料理が微妙だったら興醒めだろう」

絢斗さんがワイングラスを掲げる。彼にならって私もグラスを持ち上げ乾杯した。

運ばれてくる料理は、上品で美しい盛り付けに繊細な味付け、フレンチに詳しくない私でも、腕のいいシェフが作ってくれているのだとわかる。

「……すごくおいしい。幸せです」

こんな高級なお料理、今まで食べたことがなくて頬が落ちそうだ。

カツオのグリエはハーブとレモンのソースが爽やかで食欲をさらにそそり、白身魚のポワレは表面がカリッカリ、トッピングのトマトやオレンジがみずみずしくて、素材のおいしさを乗算している。

そしてメインディッシュはとろっとろの牛肉。口に入れた瞬間にほどけてなくなってしまった。

「いい笑顔。さっきまでの顔が嘘みたいだ。恵真を見ているだけでお腹いっぱいになりそうだよ」

「夢中になってすみません。こんなご馳走、初めてだったので」

「言いすぎじゃない？」

「本当ですよ。家族で食事に出るときは、和食が多かったですし。こんな贅を極めたフレンチを食べることなんて――」

「デートでフレンチくらいの経験はあるだろう？」

食べ物が喉に詰まりそうになり、慌ててお水で流し込んだ。

最後に恋人ができたのはいつだったか。はるか昔の気がして遠い目になる。

しかも、すぐに振られてしまった——なんてわざわざ口にして傷を抉る必要もないだろう。

「絢斗さんのようなお金持ちの恋人はいませんでした」

適当にごまかすと、彼は納得していないのか「ふ～ん？」と気持ちのこもっていない相槌を打った。

「……なにか？」

「てっきり、おごられ慣れてるタイプかと思った」

そういえば『愛人顔』と陰口を叩かれたことがある。愛人どころか恋人のひとりもまともにできないのに。

「君が媚びて見えないのは、男慣れしているせいか、はたまたその逆か、どっちかなって思ってたんだけど」

「残念ながら、単純にかわいげがないだけです」

気の強そうな見た目から男女ともに敬遠されがちな私。アパレル企業に就職し、ラグジュアリーブランドの販売に携わるようになり拍車がかかった。

制服はかっちりとしたブラックスーツ、メイクは濃いめが必須。

ヒールを履くと身長一七〇センチを優に超えてしまい、男性からはうざったそうに見られることもしばしば。

髪は硬くて真っ直ぐなバージンヘア。自然とメイクもブルー系を使うことが多くなる。ふわふわの茶髪やピンク系のメイクに憧れているのは秘密だ。

「どうも私、『かわいい』とは対極にいるようで。声も低めですし。顔だって」

「さっきはかわいい笑顔してたよ、おいしいものを食べたとき」

「目の前に常においしいものがあるわけじゃありませんから」

「食べ物がないとかわいい顔ができない？　素直というか、正直というか」

「接客中は一応スマイルしてますよ。こんなふうに」

にっこりと営業スマイルを浮かべる。感情の伴わない、作りものの笑顔だ。

「ビジネスライクな、綺麗な笑顔だね」

「ありがとうございます。おかげで、仕事の方はなんとか」

お客様には品のいい笑顔と真面目な姿勢を買っていただけている。

しかし、大きな声で笑ったり、人懐っこい表情をするのは苦手。同僚から陰で『カタブツ』、『氷の女王』などと呼ばれているのを聞いたことがある……。

「恵真の周りにいる男たちは卑屈だな」

「卑屈？」

「美人すぎて手が出せないなんて」

思わぬ捉え方をされて、ぱちりと目を瞬く。買い被りすぎだ。

「フォローしてくださらなくて大丈夫ですよ」

「自覚ないんだ？」

彼はからかうような目をして私を覗き込む。

「俺は綺麗なものは綺麗だと言うし、魅力的な人には堂々と手を出すよ。ふてぶてしい男だからね」

「……ふてぶてしいっていう表現は、なんだかわかるかも」

なにしろ私を強引にホテルから連れ出し、船に乗せて出港してしまうくらいだ。

「そこは否定してくれないと」

「……ふふ」

「あ、できたじゃないか、かわいい笑い方」

「え？　今のは別にかわいくもないでしょう？」

首を傾げると、絢斗さんは「本当に自覚ないんだ」と残念そうに、でもどこか楽しそうにこちらを眺めた。

ディナーを終えると、彼はオープンデッキに出てみないかと私を誘った。

彼に連れられ、メインフロアの屋根の部分にあたるデッキへ向かう。

「足元、気をつけて」

腰を支えられながら、階段を一段一段ゆっくりと上る。着物は美しくて好きだけれど、動きにくいところが難点だ。

「俺の手を取って」

「ありがとうございます」

距離が近づき、鼓動がどくんと音を立てる。ふと目線を上げると、目の前に絢斗さんの端正な顔があって胸が熱くなった。

思えば、男性に丁寧にエスコートされたのは初めてだ。

「親切なんですね」

思わず口にすると、彼はくすくすと笑った。

「やましい気持ちなんかじゃないよ」

「し、知ってます、そんなこと……」

期待して言ったわけじゃない。こんなに格好いい男性が私に興味を持つはずないと、自分が一番よくわかっているもの。

理解はしているけれど、勝手に昂っていく鼓動は止められなくてもどかしい。

すると、絢斗さんは少々複雑な顔で、弁解するかのように切り出した。

「いや、そこは素直に受け取らないでくれ。少しくらいはあるよ、やましい気持ち」

今度は変なフォローの仕方をされ、ぎょっとする。

「からかわないでください」

「君には素直に言わないと伝わらないみたいだな」

彼は小さく息をつき、私の腰をきゅっと抱き寄せた。秀麗な顔がぶつかりそうになり、私は「っ……！」と息を止める。

「いい？　君が綺麗だからドキドキしてる。でも、そんなのバレたら格好つかないから、興味のない振りをしてるんだよ。少しは男心を察してくれないかな？」

艶っぽい表情でクレームを言い渡され、頭の中がぐるぐるしてきた。

動揺がわかりやすく足元に出て、転びそうになる。

「きゃっ」

予期せず絢斗さんの胸に飛び込んでしまった私を、彼は受け止め抱き支えた。

「わざと？」

「ち、違います！」

ああ、顔が熱い。そんな私の様子を見て、彼は目元を緩める。

「本当に男慣れしていないんだなあ」

「悪かったですね！」

「ほら、こっちにおいで。また転ぶよ」

腰に手を回したまま、絢斗さんは私をオープンデッキの先頭に連れていった。

周囲は暗闇。遠くには建物の明かりがまるで宝石のようにキラキラ瞬いている。

強い風に吹きつけられ自分が飛んでいってしまいそうで、きゅっと絢斗さんの体に身を寄せた。

五月の中旬。夜風は日中よりひやりとして冷たいが、寒いと感じるほどではない。

着物が暖かいこともあり、頬を過ぎていく風が心地よく感じられた。

「寒い？　もう少しこのままでいようか」

おでこがくっつきそうな距離で囁かれパニックになった私は、咄嗟に彼の胸に手を突っ張って距離を取る。

「大丈夫です！　着物、暖かいですから」

それ以上に顔が火照って大変だ。

彼は「残念だな」とおどけるように肩をすくめた。本当に人をからかうのが好きなようで困りものだ。

「それで？　製薬会社のお嬢さんが、どうしてアパレルブランド勤務なの？」

ディナーで話に上がったときから気になっていたのだろう。あらためて絢斗さんが尋ねてきた。

私はひとつ咳ばらいをして自分を落ち着かせると、身の上を説明する。

「両親とは十八歳のときに大喧嘩をして、ずっと険悪な仲だったんです。大学だけは通わせてもらいましたが、卒業後、すぐにアパレル企業に就職して家を出ました」

「大喧嘩？」

「政略結婚をさせられそうになったんです。相手は四十歳の資産家でした」

思えば、その頃から経営が危うかったのだろう。私に政略結婚をさせて資金を得るつもりだったのかもしれない。

しかし、当時の私は家業が経営難に陥っているだなんて知らなかった。

一方的に二十歳以上も年上の男性——当時の私から見たらオジサン——と結婚させられそうになって、ひどく不条理に思えた。

「結婚なんて絶対嫌だって反発して、家を出ようとしました。兄が仲裁に入ってくれたおかげで卒業までは踏み留まりましたが、就職してすぐ実家を出て、以来六年間、私はほとんど両親と連絡を取っていませんでした」

「両親を憎んでいた？」

「当時は。勝手に結婚相手を決めちゃうなんてひどいでしょ？　でも今思えば、きっと両親もつらい決断をしたのだと思います。それに、私が幸せになれるよう、できる限りのことをしてくれていた」

相手は年齢こそ離れていたものの、優しそうな人だった。家業のことも私のことも両方考えた上での縁談だったのだろう。

「家業の製薬会社は、兄に任せきりでした。優秀な兄があとを継いでくれるなら心配はないと思っていたので」

私が家を出たところでなんの問題もないだろう、そう考えていた。

しかし一カ月前、兄から事実を告げる電話が来た。

「倒産しても驚かないようにと釘を刺されました。そこで初めて、家業が経営危機だと聞いたんです。なぜ両親が政略結婚を勧めてきたのか、ようやくわかりました」

私がその話を知ったときには、すでに天花寺製薬は自力では立ち直れないほど負債を抱えていた。

「オーファンドラッグってご存じですか？」

「希少疾病用医薬品――だったかな？」

「はい。難病の方に使われる薬です。患者数が少ないので採算を取るのが難しく、開発コストも回収しにくいと言われています。国から認められれば助成金も出るのですが、基準が厳しく、日本では研究開発に踏み切るのも難しいのが現状です」

「儲けるには向かない薬だ」

「でも、難病の患者さんにとっては希望なんです」

父は儲けよりも患者さんのことを第一に考え、オーファンドラッグの研究開発、製造に積極的に取り組んでいる。

その理念に兄も賛同しており、今後も方針を引き継いでいきたいと言っていた。

患者のために苦難の道を選ぶ父や兄の姿を見て、私もこのままではいけないと思った。なにか力になりたい――そう悩んだ末に辿り着いたのが、あれだけ嫌がっていた資産家との結婚だったわけだから皮肉なものだ。

「天花寺製薬は倒産間近です。それは同時に、薬の研究開発がストップすることを意味します。助けられる命が助からなくなってしまう。それだけはどうしても避けなければならないんです」

「天花寺製薬は流通量の少ない薬を多く扱っている会社だからね。それらの供給が一時的にストップすれば、医薬品業界全体に混乱をきたす恐れもある」

私はこくりと頷いた。絢斗さんの言葉は、今話を聞いたばかりにしては的確だ。医薬品業界の事情にある程度知識があるのかもしれない。

「大企業との合併も考えましたが、大規模リストラは免れません。なにより、うちの理念を貫いてくれる企業が他にあるとも思えないので、いずれにせよ研究開発はストップしてしまうでしょう」

経営理念に賛同してくれる投資家を地道に探すのがベストだが、そんな悠長なことを言っていられないほど状況は切迫している。

「そんなとき、兄のもとに榊弦哉さんから生誕パーティーの招待状が届いたんです」

兄自身は榊家とほとんど接点はないが、亡くなった祖父は旧知の仲だったそうだ。

その伝手で招待状が来たのだろう。

「パーティーに参加している女性の中から花嫁を選ぶという噂を聞いて――」

私の言葉に、絢斗さんが苦い表情をする。

「あいつは結婚をする気などないよ。遊ぶ女性が欲しかっただけだろう」

私たちはみな踊らされていたのだと知り、唇をかみしめる。

でも、仮に遊び相手だったとしても、それで投資を得られるなら目的を果たすことができる。

「……全部話したら、自分のやるべきことがはっきりとわかった気がします」

言葉にすることで頭が整理された。やはり私は榊弦哉のところに行くべきなのだ。

絢斗さんはなんとも言えない表情で目を逸らした。

「……そろそろ時間だ」

「私、ホテルに戻ります」

私の意思を尊重してくれているのか、絢斗さんはもう引き止めたりしない。黙って手を差し出してくれたけれど、私はそれを断った。

「ひとりで歩けますから」

これ以上甘えたら、彼と離れるのが名残惜しくなってしまいそうだ。

しかし、絢斗さんは手を差し出したまま、こちらをじっと見つめた。

「最後までエスコートさせてくれ」

そう懇願され断り切れなくなり、つい彼の手を取ってしまう。温もりに愛おしさを感じて、決意が揺らぎそうになる。

これ以上優しくされては、余計につらい。せっかく心を決めて歩き出そうとしているのに、絢斗さんが私のうしろ髪を引く。

……取り入ろうとする男性が、絢斗さんのような人だったらよかったのに。

無意識にそんなことを考えてしまい、胸が痛くなった。

クルーザーは桟橋に着岸し、私と絢斗さんはハイヤーの後部座席に乗り込んだ。ふと彼が私を眺めて首を傾げる。

「少し着崩れてしまったね。ひとりで着直せる？」

「これくらいなら、少し整えれば大丈夫かと」

「どうせこのあと脱ぐし？」

「……っ、いじわるな言い方」

「俺は反対していると言っただろう？」

ふたり、目線を合わせぬまま淡々と言葉を交わす。

絢斗さんは話し方こそ穏やかだけれど、少し不機嫌みたいだ。私がこれからしようとしていることを考えれば、軽蔑するのも当然だろう。

「体を売って投資を得ようとするなんて最低だって、自分でもよくわかっています」

「そう単純に片付けられる問題じゃないが――」

返ってきた低い声にハッとして顔を上げると、絢斗さんが鋭い眼差しでフロントガラスの奥を見つめていた。

「娘に体を売らせて投資を得ようとしている君のご両親には呆れているよ」

「両親は悪くないんです。私が勝手に――」

「これが君の独断なのだとしたら、その行動で周りの人間がどれだけ苦しむか気づくべきだ」

厳しい口調に、私は息を呑む。終始穏やかでおどけてばかりいた絢斗さんが、容赦ない物言いをするのは初めてだったから。

「自己犠牲って嫌いなんだ。傷つくのは君だけじゃない。君のことを本当に大切に思っている人たちが、どれほど苦しい思いをするか、理解してる?」

切実な瞳。彼自身、その苦悩を味わったかのような言い方に、返す言葉もない。

兄はこれから私がすることを知ったら、どんな顔をするだろう。妹を追い詰めてしまったと自分を責めるだろうか。

「ごめんなさい」

謝罪は兄に向けたものなのか、はたまた絢斗さんか、自分でもよくわからない。

じんわりと涙が滲み、情けない気分になる。とても罪深いことをしようとしているのだと思い知った。

ハイヤーがホテルに到着すると、彼は自身が宿泊する部屋に私を招いた。

「着物を直してから行くといい」

「ありがとうございます」

案内されたのは、客室としては最上階にある部屋。夜景の望める広々としたリビングにふたつの寝室。普通の客室と比較すると、あまりにも広く贅沢だ。

「ここ、もしかしてスイートルーム、ですか……？」

彼は答えず、ただニッと笑った。私の手を引き、寝室に連れていく。

「俺はリビングにいるからここで着替えてくれ。手が必要なら言って」

寝室の扉を閉め、風で乱れた髪を整えて帯を結び直す。

身支度を済ませリビングに戻ると、絢斗さんは私を見つめ「すごく綺麗だ」と褒めてくれた。

「……ありがとうございます」

歪な愛想笑いしかできない私に、彼は困ったように眉尻を下げる。

私を部屋の入口まで見送りながら「どうしても行くのか？」と、考え直せとでも言うように尋ねてきた。

「はい」

「君が犠牲にならなくちゃいけない?」

私は黙ったままうつむく。言葉にはできないけれど、気持ちはもう決まっている。

「今日は素敵な体験をさせてくれて、ありがとうございました」

夢のような時間をくれた絢斗さんには、とても感謝している。私は目を合わせないまま、静かに腰を折った。

彼もあのパーティーに参加していた経営者、あるいは資産家だ。自分も様々なしがらみがあるだろうに、私が苦しんでいると気づき、声をかけてくれた。

「私のことは大丈夫です」

上手に笑えているか自信はなかったけれど、できる限り笑顔を作る。

「こういうときだけ、ちゃんと笑えるんだね」

私は「ふふ」と乾いた笑みを漏らしながら、彼に向き直った。

「絢斗さんだって、きっとたくさん苦労されているんでしょう？」

つらいのは自分だけではない。みんな様々な苦悩を抱えている。だから――。

「どうか絢斗さんは、幸せになってくださいね」

私に手を差し伸べてくれた優しい彼に、幸運が訪れますように。

祈りを込めてそう声をかけた瞬間――。

「……冗談じゃない」

彼の表情が凍り付き、喉を締め付けるような声が室内に響いた。

「絢斗さん……？」

突然どうしたのだろう。

なぜそんな表情をしているのか、私にはわからない。もしかして気に障ることを言ってしまった？

「君たちはどうしてそう、自分をないがしろにするんだろうな」

彼は拳を握りしめ壁に置き、ため息をこぼす。

君たち……？　絢斗さんは誰に対して怒っているの？

いや、まるで嘆いているかのよう。やるせない表情のまま背中を向けられ、ずきんと胸が疼く。

「他人の幸せを祈る前に、どうして自分が幸せになろうとしない……？」

掠れた声を吐き出して、ドン！　と音を立てて壁を叩く。

突然感情をあらわにした彼に、私は戸惑ったまま立ち尽くした。

その言葉は誰に向けたもの？　私に言っているようで、ここにはいない誰かに向けて放ったようにも聞こえる。

おそるおそる彼の背中に手を伸ばすと、触れる直前、絢斗さんが肩越しに振り向いた。驚きに肩がびくりと震え、慌てて手を引っ込める。

「……恵真はたまたま榊弦哉から招待状をもらったから、彼に取り入るよう画策したけれど、投資さえ得られれば、相手は誰でもいいんだよね？」

「それは……」

確かにその通りだけれど、一概に誰でもいいというわけではない。ひとつの会社を救えるほど影響力を持つ人間となると限られてくる。

よほどの投資家か、大企業の経営者か——そう補足しようとすると、絢斗さんがこちらに向き直り、狡猾な表情で私を見下ろした。

「つまり、相手が俺でも、問題ないわけだ」

その瞬間、腕を掴まれ壁に押し付けられた。

背中の帯が跳ね返り、体が揺さぶられる。「きゃっ」と声を上げると、「ごめんね。痛かった？」と彼が甘い声で尋ねてきた。

口調は優しいはずなのに、ひどく独善的な声色。吐息が顔にかかるほど近い距離で妖艶な眼差しを向ける。私を威圧するようでいて、懐柔するようでもある。

「絢斗さん……!?」

「俺もそれなりに資産を持っている。君の実家の製薬会社に投資するのは可能だ」

どくん、と心臓が大きく鳴った。

確かに、彼はクルーザーを所有していたり、ハイヤーのお迎えが来たり、財力のある人のようだけれど。

どうして急にそんな提案を？　彼が態度を変えた理由がわからない。

「なにを……言っているの……？」

「妥協案だよ。俺なら、弦哉よりは優しくしてあげられる」

顔を近づけられ、驚いた私はぎゅっと目を瞑る。唇同士が触れる寸前で、彼は挑発するように尋ねてきた。

「それとも、弦哉の方がいい？　あいつの方が、好みだった？」

「そんなわけ……！」

「だったら俺でいいじゃないか。目的は果たせるんだから」

強く壁に縫い留められ、逃げ道を塞がれる。艶めいた眼差しを注がれ、抵抗する意志が頭から抜け落ちた。

「恵真。俺をたぶらかしてごらん」

そう言って今度こそ、私の唇に自身の唇を押し当てた。優しいのに強引で強かなキスに、思わず「んっ」と喉を鳴らす。

頭の中は混乱でいっぱいだけれど、不思議と嫌悪感は湧かない。

榊弦哉とするよりは、絢斗さんとした方がマシだから？　ううん、きっと違う。

絢斗さんとするキスを嫌だとは思えなかった。彼の放つ魅力に、いつの間にか呑まれてしまっている。

長い長いキスを施され、唇が離れた瞬間にぷはっと息をついた。

ここまで情熱的な口づけは初めてで、上手に息ができない。

赤面して彼を見つめると、余裕の表情で見下ろされた。

「そんな表情じゃ男は惑わせられないよ」

彼が額に口づけながらくすくす笑う。どんな仕草もどんな言葉も全部甘くて、とろけてしまいそうだ。

「どんな顔を、すれば……」

「そうだな……俺を求める顔。気持ちのよさそうな顔、とか？」

「そ、そんなの、できるわけない……」

「できるよ。恵真は正直な人だから」

そう言って、今度は深い口づけを施す。口内を侵す舌の感触に、声にならない悲鳴が漏れる。

息苦しさと心地よさが交互に押し寄せてきて、自然と瞼が落ち、膝の力が抜けた。

「……できるじゃないか」

絢斗さんは私の腕の拘束を解き、首筋に手を添える。もう片方の手を腰に持っていき、自らを押し付けるようにかき抱いた。

出会ったばかりの男性とこんなことをするなんて、思いもしなかった。

彼が素敵だから？　それとも投資を得るため？

自分がしたいからそうするのか、しなければならないから仕方なくそうしているのか、欲望と打算が渦巻き、頭の中がごちゃごちゃになる。

瞼を閉じたまま抗えずにいると、体が重力を失いふわりと浮き上がった。

目を開けると、私は絢斗さんに横抱きにされていて、思わず「きゃあっ」と悲鳴を上げた。

「絢斗さん、なんで!?」

「ベッドに行こう。床の上でしたくはないだろう？」

そう告げて彼は一直線に寝室へ向かう。

私を大きなベッドの真ん中に座らせると、彼は私の脚を跨ぐように膝をついた。

「着物って、脱がすのが大変そうだな。焦れったい」

そう苦笑して、私の帯に手をかける。

「あの、待ってください」

絢斗さんは本当にこれでいいと思っているのだろうか。私を抱いて大金を支払って、本当に後悔しないと言える？

「待たない」

「絢斗さん、こんなの、ダメです……！」

「怖い？　君の覚悟はどこへ行ったのかな？」

煽るような笑みを浮かべ、私の顎を押し上げる。

「俺も弦哉も、今さら嫌だなんて言ったところで、許してあげられるようなお人好しじゃない」

「怖いとか、嫌とか……そうじゃなくて……」

「罪悪感？」

まるでくだらないとでも言うように、冷ややかな目で睨まれ体が凍り付く。

「必要ないよ。君は体を提供して、俺は金を提供する。需要と供給の問題だけだと思うけど」

血の通わない響きにじんと胸が痛む。

絢斗さんは私を、気持ちよくなるための道具としか見ていないのだろうか。

優しい言葉をたくさんかけてもらったことを思い出し、そしてそれが全部方便だったのだと気づき、涙が滲んでくる。

「俺の幸せを願ってくれているんでしょ？　自分の幸せなんてどうでもいいんじゃなかった？」

自分のかけた言葉をそのまま返され、なにも言えなくなる。彼は身をもって教えるつもりなのだろうか、私がやろうとしていたことの愚かさを。

「弦哉が君に好き勝手するくらいなら、俺がする」

絢斗さんは器用に帯を解き脇に放ると、衿に手をかけてゆっくりと開き、露出した鎖骨に口づけをした。

「恵真。ちゃんと俺を見て。愛していると言って。その気にさせてくれ」

体裁だけの愛を彼はねだる。これは浅はかな私への罰だろうか。

彼を悪者にしてしまった。

「絢斗さん……私は、あなたのことが――」

その先は口にできなかった。軽々しく言えるような言葉じゃない。

「……恵真は真面目だな」

そう言って長襦袢を解き、素肌に触れる。

「ごめんね、恵真。優しくするよ」

心のこもっていない謝罪をして、襦袢の中にその身を滑り込ませた。

きっと私は、お金とか投資とかそんなことは関係なく、絢斗さんになら抱かれてもかまわなかったのだと思う。

出会って数時間しか経っていない男性に心も体も許してしまえるなんて、私はおかしいのかもしれない。

それほどまでに彼の存在は圧倒的で、私の心を魅了して離さない。

これはきっと恋なのだろう。

そう理解したのは彼に抱かれたあとだったけれど。

反対に彼は私を、お金のために体を売る狡猾で嫌な女だと思ったに違いない。

今さらなにを口にしても軽蔑されてしまいそうで、本当に好きだなんてとても言えなかった。

第三章　嘘だらけの熱愛宣言

隣で眠る知り合ったばかりの女性を見つめ、息をつく。

出会ったときは美しく凛とした印象を受けたけれど、実際に話をしてみるとどこか危うく、少し揺さぶれば壊れてしまいそうな脆さがうかがえた。

眠る姿はあどけなく、純真そのものだ。

「かわいげがないだって？　よく言うよ。充分かわいらしい」

彼女が起きないよう、小さな声でひとりごちる。

顔にかかった艶やかな黒髪をそっと分け耳にかけてやった。

「初めてではない、と言っていたけれど……」

たいして経験もなかったのだろう。こちらの行動ひとつひとつに戸惑う彼女は初々しく、男をかき立てる儚さと可憐さがあった。

「かわいそうなことをしたかな」

恥じらう彼女をいたずらに昂らせ、気を失うほど絶頂させてしまった。

「だって、こうでもしないと君はあきらめてくれないだろう」

自分などどうでもいいような投げやりなことを言うから、軽くお仕置きしたつもりだったのだが。

「それに、弦哉のもとへ行っていたら、この程度じゃ済まなかったよ」

あれに遊ばれ、身も心もぼろぼろに傷ついた女性たちを見た。あれがベッドでどれほど暴力的な行為に及んでいるか、女性たちの肌にできた痣を見れば明らかだ。

「あいつは最低な人間だ」

女性への扱いに関しても、仕事においても。

とにかく彼は傲慢で非情、感情が欠落したような男だ。他人を貶め横暴に振る舞うことでアイデンティティを保っている。

弦哉にだけは、彼女を渡してはならない。

ふとベッドの下に無造作に置かれた布地を目にして顔をしかめる。彼女の着物だ。

深い緋色に鶴の柄——かつて姉が着ていたものと似ていて、他人事とは思えなくなってしまった。

——私のことは大丈夫。絢斗が幸せになってくれるなら、それでいい——

姉が自分へ投げかけた忌々しい台詞が恵真の言葉と重なる。

「犠牲の上に成り立つ幸福に、なんの価値があるっていうんだ」

守れなかった姉を思い、拳を強く握る。

今度こそ守りたい。恵真と姉が違うことはよくわかっているけれど、目の前で罪のない女性が傷つけられるのを見るのはたくさんだ。

深く眠る恵真の頬にキスをする。

それは謝罪のようで、決意のようで、いろいろな感情がごちゃまぜになっていて。

彼女同様、自分も混乱しているのだと気づかされる。

「結局、体目的で部屋に連れ込んだみたいになっちゃったな」

そんなつもりはまったくなかったのだが。

パーティー会場で目にした瞬間から、恵真のことは気がかりだった。

会場の外で弦哉に捕まっている彼女を見つけ、目をつけられたのだと確信した。

あの男は遊べそうな女性を見繕っては、名刺を渡し部屋に呼び出すという行為をいつも繰り返しているから。

絶望的な表情でふらふらと歩いていく彼女を追いかけ、声をかけた。

なんとか思い留まってほしくて、ディナークルーズに連れ出したり、思わせぶりな態度を取ってみたり——自分に気持ちが向くことで弦哉のことを忘れられるなら、それでかまわないと思ったのだ。

だが、恵真の決意は固く、思い直してはくれなかった。

本人がそう決めたのなら仕方がない、あきらめかけたそのとき、トラウマを引きずり起こすようなあの言葉が耳に飛び込んできた。

──私のことは大丈夫です──

──どうか絢斗さんは、幸せになってくださいね──

「自分すら幸せにしてやれないのに、他人の幸せなんて願うなよ」

やはり苦手だ。自己犠牲というものは。

とはいえ、どんな理由があるにせよ、出会ったばかりの女性を軽々しく抱いてしまったことは事実だ。

「ちゃんと責任を取ってあげないと」

家業を存続させるために、好きでもない男に身を投じ抱かれたのだから、応えてやらなければ。

ひどい仕打ちをしておいて、なにを言っても説得力はないが、彼女の幸せを願う気持ちはある。

恵真は不器用で他人に媚びるのが下手な女性だ。見た目は美しくて、百合のように気高く優雅なのに、自尊心が驚くほど低い。

だが愛されることを覚えれば、いずれ自分の価値に気づくだろう。

なにより、たまに見せる無垢な笑顔がかわいらしい。

「……俺の相手をしてもらうには、上等すぎるかな」

ふと白み始めた窓の外に目をやる。まだ朝の五時、起きるには少し早いが今日は月曜日、仕事がある。

「君も仕事？」

答えのない彼女に向かって問いかけ、ふっと笑みをこぼした。

家に送り届けることを考えると、そう長くは寝ていられない。彼女は着物だ、用意に時間がかかるだろうし、出社前にシャワーも浴びたいだろう。頭の中でタイムスケジュールを組む。が――。

「まあ、いいか」

せっかく気持ちよさそうに眠っているのだから、もう少し寝かせておいてやろう。昨日は疲れただろうし、俺もこのまま寝顔を見つめていたい。

「これも自分を大事にしなかった罰だ」

もう一度ごろんと寝そべり、彼女の柔らかな体に腕を回し目を閉じた。

すっかり日が昇り、朝七時。

俺がタイを締めていると、彼女がベッドの上で身じろいだ。

「おはよう。悪いけど、仕事で行かなきゃならないんだ」

彼女は目を覚まし、自分がなにも身に着けていないことに気づくと、慌てて毛布を手繰り寄せた。混乱した様子で俺を見つめ、言葉を発せずにいる。

……まさか、昨日のことを忘れていたりはしないよね。

「恵真。昨夜のことは覚えている？」

「は、はい」

「君は投資を得るために俺に抱かれた」

はっきり口にすると、彼女はサッと目を逸らし表情を曇らせた。

嫌われる覚悟はしていたが、そこまで露骨に嫌な顔をされると傷つくものだ。

「約束は守るよ。君の実家についてはきちんと対処する。これ、俺の連絡先」

サイドテーブルにあったメモの束を一枚破り、自分の電話番号を書いて彼女に渡す。

「時間ができたときに連絡して。朝食はリビングに用意してある。ここを出るときはフロントに電話を。車まで案内してくれるから」

「車……？」

「着物姿の女性をひとりで帰らせるわけにいかないだろ？　家まで送ってもらって。今日は仕事？」

尋ねると、彼女は蒼白な顔でこくこくと頷いた。こんな時間！　大変！　と焦っている様子がわかりやすく顔に出ている。

「なら急がないとね。俺は先に行かせてもらう。待っていてあげられなくてごめん」

そう断って、不安げな目をする彼女の頭を撫でてやる。彼女はなにか言いたげに口を開いたが、考えがまとまらないのか言葉を呑み込んだ。

……自分を犯した男に頭を撫でられても、嬉しくはない、か。

自虐的な笑みをこぼし、俺は彼女と別れホテルを出た。


代表取締役を務める会社を数カ所回り会議に出席したあと、都内にある実家に顔を出した。

会議中、グループ企業全体で共有しなければならない話題が出たため、統括兼相談役をしている父におうかがいを立てに来たのだ。いちいちアポを取るより実家に戻った方が早いと踏んだ。

実家は大正時代に建築された煉瓦造りの洋館で、歴史的建造物といっても過言ではない仰々しい建物に、父と次期当主である兄、加えて大勢の使用人が住んでいる。

かつては自分もここで暮らしていたが、五年前、とある事件をきっかけに自立し、別の居を構えるようになった。

玄関のエントランスホールに足を踏み入れた瞬間、他者を威圧する横暴な声が耳に飛び込んできて、げんなりとする。

自立するきっかけとなった忌々しい人物がそこにいた。

「わざわざここまで押しかけてきてなにを言うかと思えば、物乞いか。くだらん」

ホールにはスーツ姿の男が五人。中央には俺がもっとも嫌う男――榊弦哉がいる。

弦哉と向かい合っているのは、よれたグレースーツの男性。弦哉の部下か、あるいは投資先の人間か、ぺこぺこと頭を垂れている。

残りの三人は弦哉の秘書たちだ。主を守るように取り囲んでいた。

「俺は三割と言ったはずだ。資金は打ち切っても文句はないな」

尊大に言い放つ弦哉に、男性は縋り付く。

「そんな！　二割増収したら資金の提供を継続してくれると――」

「どうしてもというのなら、赤を出している子会社をすべて潰せ。利益の上げられない企業を残しておいたところで無駄だ。どうせ黒になったところで、雀の涙だろう」

「そんな、潰すだなんて！　彼らにも生活が……！」

　絶望的な表情で男性は床に頭をつける。

「どうかあと一年猶予をください！　負債の返済はあとわずかです。必ずお返しいたしますので――」

「甘えるなよ、俺は返済ではなく、利益を上げろと言っているんだ」

　弦哉は懇願を無視し、男性の腹を蹴り上げる。「ぐあっ」と悲鳴が上がったところで、俺は見かねて間に割って入った。

「弦哉。いい加減にしてくれ。家の中で傷害事件を起こすなよ。お前の不祥事を揉み消すのに、どれだけ手間がかかると思ってるんだ」

　弦哉が憎々しげに俺を睨む。

「兄と呼ばんか。この愚弟が」

「兄とは思っていないから無理だ」

　俺は床にうずくまっている男性に「大丈夫ですか」と手を差し伸べた。彼は腹を押さえながらも俺の手を取り、よろよろと立ち上がる。

「情けをかけるならお前が金を出したらどうだ、絢斗。ろくな利益も上げられない、お荷物企業を抱える甲斐性があるならな」

鼻で笑う弦哉に目線を向けたまま、俺は懐から名刺を一枚抜き取る。男性に差し出し、冷静に言い添えた。

「あなた方の企業の将来性を判断した上で投資の相談に応じます。ご連絡を」

「あ、ありがとうございます……！」

男性は涙を交じらせながら名刺を受け取り立ち去っていく。

弦哉はおもしろくなさそうにチッと舌打ちした。

「そもそもあんな男を家に入れたのはどこのどいつだ」

「弦哉様が、ここに呼ぶようにと——」

脇に立っていた弦哉の第二秘書がおずおずと口を開くが、鋭く睨みつけられ言葉を切った。

「生意気な口を利くようになったな、飛ばされたいのか」

「も、申し訳ございません！」

「もういい。お前も出ていけ。二度と俺の前に顔を見せるな」

「そんな、待ってください——」

反論も虚しく、第二秘書は他のふたりに連れられ部屋を出ていく。弦哉の横暴は今に始まったことではないが——彼の下に配属された人間には心から同情する。

「他人に敬意を払うことを覚えた方がいい。身を滅ぼすぞ」

腹の底から湧き上がる嫌悪感を押し込めて冷静に言い置くと、弦哉は顎を逸らし、俺を冷ややかに見下ろした。

「いつから俺に意見できるほど偉くなった？」

「忠告してやっているんだよ、身内に足をすくわれないように」

「足をすくわれるのは、お前のような甘っちょろい人間だけだ」

弦哉は忠告を鼻で笑い、嫌みな笑みを浮かべた。

「従わせるには圧力だ。そもそも、俺とお前とでは立場が違う。同列に語るな。お前は榊家を背負えんだろう」

違う、と俺は心の中で反論する。

俺たちは彼ら——企業を支えてくれる経営陣や部下たちに生かされている。手となり足となり動いてくれる者たちがいるからこそ、俺たちの思想が具現化できるのだ。

自分を支えてくれる人たちへの敬意を忘れた時点で、お前は終わりだよ、弦哉。

しかし、いくら言ったところでこの男の耳には届かないだろう。

「ところで絢斗。俺のものを盗んで好き勝手したようだな」

昨夜、自分が目をつけた女が俺と一緒にいたことを知っているらしい。

おおかた秘書にでも恵真のあとをつけさせていたのだろう。

「恵真のことかな？」

「名前などいちいち覚えてはおらん」

「名前も知らない女性なら『俺のもの』とは言わないだろう」

「庭の小石ひとつにお前はいちいち名前をつけるのか？」

「小石、ねえ。その程度の価値なら、なくなったところでかまわないじゃないか」

その言葉に弦哉はカッと眉を吊り上げ、俺の胸倉に掴みかかってきた。

「石ひとつといえど、俺の懐から盗めば窃盗だ。あの女が俺の縄張りに入ってきた時点で俺のものなんだよ」

「呆れた独善主義だな」

弦哉は乱暴に俺を突き飛ばし手を解く。どれだけ威圧してもうろたえない弟が腹立たしくて仕方がないのだろう。

しかし、悪巧みでも思いついたのか、今度はにやりと口の端を跳ね上げた。

「――天花寺製薬の娘と言っていたな」

弦哉の考えを読み、俺は眉根を寄せた。

「今度はなにをするつもりだ」

「あの女を気に入っているのか?」

弱点を見つけたとばかりに、弦哉は嬉々としている。

この男は俺への嫌がらせのためなら労を惜しまないだろう。平静を保ちつつもまずいなと心中で舌打ちした。

「俺が声をかけてやったというのに、あっさりと別の男の誘いに乗る淫乱女め。あの女もその会社も、すべて潰してやる」

「させない」

「姉のようにはさせない、か?」

姉のことを挙げられ、ぎりっと奥歯をかみしめる。

優秀な経営者であり榊家を継ぐはずだった姉を、弦哉は自分が権力を握るために陥れ、社会的に抹殺した。

許さない――怒りが抑え切れない俺を見て、弦哉は愉悦を深める。

「なら、あの天花寺製薬の娘には二度と弟と火遊びなどできないよう、檻に閉じ込めてしっかりと鍵をかけておこう」

「監禁でもするつもりか。不祥事はやめてくれと言ったはずだが」

「言葉通りに受け取るな。相手の自由を奪う手段なんていくらでもある。聡いお前ならわかるだろ？」

ああ、よくわかっているつもりだ。五年前、この男は姉に対してさんざんなことをしてくれたのだから。脅しも偽装も略取も、犯罪の証拠をでっち上げることだってお前にとっては容易いのだろう。

殴りかかりたい衝動を必死に抑え込む。そんな俺を見て弦哉は愉しそうに歪んだ笑みを浮かべた。

「ちょうど嫁を探していたところだ。あの女なら、連れ歩くにはちょうどいい」

「は？」

「そろそろ結婚しなければならない歳だろう。俺も、お前も」

白々しい。家庭も結婚も興味などないくせに。女は遊びで充分だと言っていなかったか？

「どういう風の吹きまわしだ」

「いずれ後継ぎが必要になるだろう。お前や姉の子に家督を譲るくらいなら、子どもくらいその辺の女にいくらでも生ませてやる」

つまり、俺たちへの当てつけか。そんなことに恵真を利用されてはたまらない。

「無駄だよ。恵真はもうお前の言う通りにはならない」

恵真の家業の負債は俺が引き受ける。もう弦哉の命令を聞く必要などない。

だが、おそらく弦哉は――。

「今にも潰れそうな製薬会社ひとつ手に入れるくらい簡単だ」

この男ならそう言うだろうと目を眇める。嫁に来なければ会社を潰すとでも脅すつもりだろう。

「あの女は家業と自身の結婚を天秤にかけてやったらどちらを選ぶだろうな」

「だから、させないと言っているだろう」

「お前もさっさと結婚しろ。そういえば縁談の話がひとつ来ていたな」

数カ月前、父が良家の女性との縁談を持ってきた。当分、結婚するつもりはないからと濁したのだが――。

「なんなら俺が、間を取り持ってやろうか」

「人の結婚にまで口を出すな」

「あの縁談は父のお墨付きだ。断るなんて無礼な真似はするなよ」

思わず舌打ちした。弦哉はこちらに歩み寄り、俺の胸元をパンとはたく。

「絢斗。俺の女にちょっかいをかける前に、次男としての役割を果たせ。さっさと結婚して、榊家の歯車になるんだ」

高慢な捨て台詞を残し、弦哉は玄関を出ていく。

どこまでも捻じ曲がった男だ。他人を踏みつけ、自分の思い通りにならない人間には、とことん目に物見せる。

自分の肉親でさえ、あいつの中では踏み台でしかない。

姉の志織《しおり》を陥れ踏みつけたあの日を、俺は絶対に忘れない。


旧財閥榊家は戦前の流れを汲み、現在でも世襲に近い形でグループ企業の経営にあたっている。

榊不動産、さかき銀行、榊重工など、榊の名のつく企業はたくさんある。業種も多岐にわたり、子会社などすべてを合わせれば数千社にも及ぶ。

現在は弦哉が金融や不動産に関する企業の指揮を執り、俺は工業や原材料などメーカー系企業の代表取締役に就いている。

グループ企業の経営を兄弟で二分しているに近いが、動かす額でいえば圧倒的に弦哉の方が上だ。それは弦哉こそが榊家の次期当主である証とも言える。

現在の布陣が完成したのは五年前。

それ以前は、姉と弦哉が指揮を執っており、まだ若かった俺は経営に参入していなかった。主に取り仕切っていたのは姉の志織。今は弦哉が任されている金融系企業を一手に担っていた。

父は女だからとか、長男に継がせたいとかいうようなタイプではなかったから、生まれてきた順番がすべてだった。

姉が生まれた瞬間、彼女が榊家の当主になると決まった。

俺と姉の歳の差は十三。幼い頃に母が亡くなり、父親は仕事で忙しく、孤独な幼少期を送っていた俺にとって、姉は親代わりだった。

俺が小学校に入学したばかりの頃。姉は大学に通いながら帝王学を叩き込まれ、いつも忙しそうにしていたけれど、時間を作っては俺のところに来てくれた。

『絢斗、百点取ったの！　偉いね！』

俺のことを見てくれるのは姉だけ。評価してくれるのも姉だけだ。褒められたくて、必死に勉強を頑張った。

『志織姉さんや弦兄さんも、いつも百点なんでしょう？』

『いつもじゃないよ。絢斗の方がずうっと頭いい』

『僕、志織姉さんが当主になったら左腕になる。弦兄さんが右だから、俺が左。そのときのために頭よくなるんだ』

姉は『右腕左腕なんてそんな難しい言葉、よく知ってたね』と笑って頭を撫でてくれた。

姉が大学を卒業し父の補佐に就いてからは、会える時間はさらに減ってしまったけれど、それでも俺は姉のあとを追いかけるように勉学に励んだ。

俺が仕事に就く頃、すでに姉と兄はそれぞれグループ企業の代表取締役社長に納まり、経営者として腕を振るっていた。

姉がトップに立つことは決まっていたが、兄にはそれが不服だったようだ。ふたりの歳が近かったせいもあるのだろう、兄は自分の方が上だと口喧嘩をふっかけては、よく姉を困らせていた。

事件が起きたのは五年前。俺が二十七歳で兄は三十五歳、姉が四十歳の頃だった。

姉に横領疑惑が持ち上がった。兄がどこからか裏金用の帳簿を手に入れて、父に提出したのだ。

弦哉は告発しないことを条件に、姉の取締役解任とグループ企業からの完全撤退、つまり引退しろと言ってきた。

清廉潔白な姉がそんなことをするはずがない。父もそう思ったに違いないが、それらの証拠が偽装であるという確証もない。

兄は姉が一線を退かないのなら告発するとまで言っている。そうなればグループ企業全体にダメージが及ぶ。

姉はすんなりと兄の要求を受け入れ、次期当主の座を譲り、榊家の経営から手を引いた。今後は夫を支え、娘のそばにいてやりたいと家庭に入った。

しかし、俺は納得がいかず、兄に掴みかかった。

『姉さんがそんなことをするはずがないだろう！　いったいどんな手を使ったんだ！』

すると兄は俺の言葉を『幼稚だ』と一蹴した。

『付け入る隙を与えたあいつが悪い』

その言葉を聞いて、すべて兄が仕組んだのだと悟る。

俺は横領の証拠が偽造であることを証明しようとしたが、姉に止められた。

姉は次に俺が狙われることを見越し、自分が犠牲になることで兄弟の不毛な争いを終わらせようとしたのだ。次期当主の座を譲る代わりに、弟には手を出さないでほしいと、兄と取引したようだ。

『絢斗。私のことは大丈夫。絢斗が幸せになってくれるなら、それでいい』

姉にそんな言葉をかけられ、俺は愕然とした。姉の不幸の上に成り立つ幸福など、享受したくはない。

俺だけが納得できず、今も姉の潔白の証拠を探し続けている。

そして、ともに歩むはずだった兄は、肉親ではなく敵となった。


嫌な記憶が蘇り、拳をきゅっと握りしめる。

姉は兄弟で争うことを望んでいない。だが、このまま弦哉をやりたい放題にさせておくわけにはいかない。

恵真を守る——それが同情なのか、弦哉への反抗なのかはわからないが、恵真が弦哉に踏みつけられるのを見過ごせないことは確かだ。

恵真と過ごした時間は短いが、心の清い女性であることはわかった。思わず手を差し伸べてしまいたくなる愛らしさも感じている。

俺は胸ポケットから携帯端末を取り出し、個人秘書に電話をかける。

「天花寺製薬についてデータを洗い出しておいてくれ。それから、医薬品業界、医療業界関連の勢力図とコネクションを。ここ数年の金の動きと、今後の見通しについても頼む」

通話を終え、時間を確認する。十八時五十分。まだ恵真は仕事中だろうか。

「ちゃんと連絡をくれよ？」

一方的に番号を渡して別れてしまったので、俺は恵真の連絡先を知らない。彼女の性格的に、連絡をくれるか微妙ではある。

「変に思い悩んでなきゃいいが」

そう呟いて携帯端末を胸ポケットにしまうと、仕事の話をつけるべく榊家の現当主――父のもとへ向かった。


恵真からの連絡を待つこと二週間。俺は自身が指揮を執る企業、榊化学の社長室で携帯端末を眺めながらひとりごちた。

「ひどいじゃないか。全然連絡をくれないなんて」

電話番号を書いたメモを失くしたのか、はたまた、余計なことに思い悩み連絡を躊躇っているのか。

「後者だな」

もう少し待ってやりたいところだが、弦哉の魔の手が迫る今、悠長に事態を眺めていられる状況ではない。

「弦哉が業界規模ナンバーワンの武藤《たけふじ》薬品工業に接触した。こちらも動き出さないと手遅れになる」

弦哉は武藤薬品工業と手を組み、天花寺製薬の買収に乗り出すだろう。

俺は秘書に調べさせた電話番号をタップし、端末を耳に当てた。

「突然のお電話恐れ入ります。榊化学及び関連企業の代表取締役社長を務めております榊絢斗と申します。副社長の天花寺翔真様にお繋ぎいただきたい」

天花寺製薬役員室への直電だ。アポなど取っていないが、この番号を知る人間はわずかである上、大手企業の社長からの電話を無視はできないはずだ。

「――ええ。先日は榊家主催のパーティーにご出席くださりありがとうございましたと、翔真様にお伝えください。投資の件について具体的にお話しさせていただきたくお電話しました」

餌をちらつかせると、応対した秘書は、困惑した声で「少々お待ちください」と答えた。ほどなくすると、天花寺翔真が懐疑的な声色で電話口に出た。

＊＊＊

あれは二週間前のこと。会って間もない男性と軽々しく体を重ねてしまった。

考えれば考えるほど、とんでもないことをしてしまったと後悔が押し寄せてくる。

私は彼についてなにも知らない。名字すら聞いていないのだ。『絢斗』という名前も偽名かもしれない。彼は本当に資産家なのだろうか？

冷静になってみると怪しいことばかり。

仮に本物の資産家だとしたら、毎晩ああやって女性と遊んでいる可能性もある。私のことなんてとっくに忘れてしまっているかも。

……連絡を取ってみたところでなんて言えばいい？

私と寝たこと覚えてますか？　責任取ってください。

「なんて言えるわけないじゃない……」

私はベッドに寝転がりスマホを握りしめながらごろごろと悶絶した。

絢斗さんは、とても素敵な人だった。柔らかな声に優しい言葉、甘い笑顔。

かわいげのないこんな私を、ひとりの女性としてエスコートしてくれた。

まるで王子様のよう。思い出しただけでぽーっと絆されてしまいそうなほど、彼の存在は圧倒的だった。

けれど、浮かれている場合ではない。彼は一時の快楽を味わうためだけに私を買ったのだ。それだけ考えれば、とんでもない男である。

『君の実家の製薬会社に投資するのは可能だ』――絢斗さんはそう言って私の体を求めたけれど。

「ベッドの中での約束なんて、本気にした私が間違っていたのかも……」

悶々と悩んでいると、突然スマホが震え出した。

ディスプレイには『天花寺翔真』の文字――兄からの電話だ。メッセージではなくわざわざ電話をかけてくるなんて、実家で問題でも起きたのだろうか。

不安に駆られ応答すると、兄の焦った声が受話口から響いてきた。

『榊家から連絡が来た……』

「えっ……!?」

榊家って――榊弦哉のこと？

あのパーティーの日、私は部屋に行かなかったのに、どうして今さらになって連絡してきたのだろう。もしかして約束を守らなかったことに対するクレーム？

「どんな用件で？」

『投資と、それから――』

兄が言いにくそうに言葉を切る。ひとつ息をついて『落ち着いて聞いてくれ』と前置きしたあと、低い声を絞り出した。

『恵真を嫁に欲しいと言ってきた』

「嫁……？」

茫然として呟く。どうしてそんなことになってしまったの？　誘いを断って恨まれるならまだしも、嫁に欲しいだなんて。

「それで、お兄ちゃんはなんて答えたの？」

『そんなの、簡単に承知できるわけないじゃないか。榊さんは今度の日曜日、うちへ挨拶に来ると言っている。恵真も同席してほしい』

「……わかったわ」

日曜日は仕事なのだけど、同席しないなんて言える状況ではなさそうだ。私は通話を切ると、茫然として枕に突っ伏した。

榊弦哉が私に求婚だなんて、とても信じられない。

でも、もしも本当だとしたら、今度こそあの高慢な男から逃げられない。

「どうしたらいいの……？」

突然目まぐるしく動き出した自分を取り巻く環境に、なにもできず振り回されるしかなかった。

次の日曜日。実家に戻った私は、挨拶に来たという榊家の人間を前に頭が真っ白になった。

私はてっきり、榊弦哉が来るものだとばかり思っていたのに。

訪れたのは上質なスーツに身を包み、優雅な笑みをたたえた彼。

「榊絢斗と申します。かねて恵真さんから天花寺製薬に関する現状のご相談と、投資の打診を受けておりました」

榊・絢斗って、どういうこと!?

両親が絢斗さんを客間に案内している間に、兄は廊下の端で私を問いただした。

「どういうことだ、恵真！　彼と面識があるのか？」

「ええと……パーティーの日に、お会いして……」

私が濁すと、「とんでもないやつに目をつけられたな」と兄が額に手を当てた。

「とんでもないって、どういうこと？」

「榊グループのトップに立つ榊弦哉。彼が『財界の王』と呼ばれているのに対し、その弟である榊絢斗は、『天才的投資家』とか『先読みの魔術師』とか『財界の王子様』とか呼ばれていて――」

「……そんなにすごい人だったの？」

絢斗さんのふたつ名に唖然とする。なにより、榊弦哉の弟だなんて初耳だ。兄弟だとバレたくないから、彼は自分の素性を語らなかったのだろうか。

「天花寺製薬の売上なんて、あの人が扱う金額とは比べ物にならない。そんな人がどうして恵真に縁談なんて申し込むんだろう」

兄が顎に手を添えてぶつぶつと漏らす。

私は恐ろしい人を相手にしていたのだと気づき、今さら背筋に冷気が走った。

天花寺家は昔ながらの日本家屋だ。畳敷きの客間に両親と兄、私、絢斗さんが集まり、一枚木の卓を囲んだ。

庭を背にして私と絢斗さん、床の間の前に父、入口付近には母と兄が座っている。

状況をさっぱり理解できていない私が、訳知り顔で絢斗さんの隣に座るのは変な感じがするのだが……。

せめて実家に押しかけてくる前に、私にひと声かけてほしかった。いや、連絡先をもらっておきながら、連絡をしなかったのは私なのだけれど。

「先日は、兄、弦哉の生誕パーティーにご出席くださりありがとうございました。恵真さんの着物姿があまりに美しかったものですから、帰りがけに声をかけさせてもらいました。お兄様にもご挨拶したかったのですが、お帰りになったあとでしたので」

絢斗さんがにっこりと笑って嘘をついた。兄は困惑しながら頭を下げる。

「こちらこそ、当日はご挨拶もせずに申し訳ありませんでした。絢斗さんがいらしていたとは存じなくて」

「謝らなければならないのはこちらの方です。弦哉が無礼な物言いをして申し訳ありませんでした」

兄が「聞いていたのですね」と情けなく笑う。取り繕っても無意味だと悟ったか、天花寺家の現状を正直に語った。

「弦哉さんの言う通り、天花寺製薬はもう昔とは違います。経営も安定しておらず、負債も膨らんでいくばかりです」

「それはお父様に志があるからでは？」

絢斗さんの言葉に、兄と父は驚いたように目を見開く。

「恵真さんから聞いております。難病に苦しむ患者のために、新薬の開発に取り組んでいると」

絢斗さんは静かにそう言って、私に視線を移し微笑んだ。

「恵真さんもそんなご家族に感銘を受けて、私に相談してくださったんですよね？」

私は慌ててこくこくと頷く。絢斗さんがなにを言おうとしているのかはわからないけれど、そのこと自体に嘘はない。

絢斗さんは笑みを消し、真面目な表情で父たちに向き直った。

「私どもの傘下に、榊化学という会社があります。現在は工業用化学薬品に特化していますが、今後は医薬品分野にも参入したいと考えている。天花寺製薬にはノウハウがあり、対して我々は研究資金を提供できる」

榊化学といえば、榊グループの中でも中核を担う大企業だ。年間売上高は、きっと兆を超えているのではないだろうか。ざっくり計算しても天花寺製薬の数十倍の規模を誇る。

「まさか、絢斗さんは吸収されろと言っていますか？　うちの事業を榊化学に譲渡しろ、と」

兄が険しい目をして言う。これだけ規模の違うふたつの企業が、対等な取引を結ぶとは考えにくい。榊化学の傘下に下るのが普通だろう。

「我々には協力するメリットがある、と言っています」

「つまり、買収ですか」

「友好的買収です」

絢斗さんの言葉に、今度は私が「待ってください！」と異を唱えた。

「買収なんて聞いてません！　私は投資をしてほしいと言ったんです。天花寺製薬がなくなってしまったら、元も子もありません！」

「なくならないよ。天花寺製薬は今のまま、残したいと思っている。当初は投資も考えていたけれど、現状、そうも言ってはいられないんだ」

そう絢斗さんが口にした瞬間、兄が蒼白な顔で呟いた。

「ホワイトナイト……」

絢斗さんが静かに頷き、両親もなにかを悟った顔でうつむく。

「ホワイト……って、なんのこと？」

聞いたことのない単語だ。兄に助けを求めると、沈鬱な面持ちで答えてくれた。

「ホワイトナイト。敵対的買収を仕掛けられた場合の対抗策のひとつだ。友好的買収をしてくれる企業を白馬の騎士に見立て、任意の買収をしてもらうことで別の買収から守ってもらう」

ええと……と私は眉をひそめる。理解できていない私へ、絢斗さんが補足する。

「悪い条件で買収されるくらいなら、好条件を提示してくれる企業に買収された方がマシ、という話だ。苦肉の策ではあるが、天花寺製薬の現状なら、決して悪い話にはならない」

つまり、天花寺製薬を乗っ取ろうとしている企業が別にあるということ？　絢斗さんは、その企業から天花寺製薬を守るために、あえて好条件の買収を提案している？

不安な顔をする私へ、兄が「実は……」と切り出す。

「裏でうちの株を買い占めようとする動きがあるらしい。おそらく、医薬品業界第一位の武藤薬品工業が、うちに敵対的買収を仕掛けようとしている」

「武藤薬品工業は、事業を奪い取り天花寺製薬を消滅させるつもりでしょう。残せたとしても、経営陣の退陣と大規模リストラは免れない」

絢斗さんの言葉に、両親も兄も黙り込む。みんなの見解は一致しているようだ。

天花寺製薬は、遅かれ早かれ買収されてしまうの……？

絢斗さんがあらたまって切り出す。

「我々のスタンスは、あくまで『共存』です。できる限り天花寺製薬を今の形のまま残したいと思っている。そこで、我々を信頼していただくために、私が提案したもうひとつのお話が活きてくる」

「……まさか、恵真との婚約ですか」

「妻の実家を消滅させたとあっては、私も体裁が悪い。恵真さんを榊家に迎え入れれば、現当主である父からも強力なバックアップが得られる。結婚を認めていただけるなら、天花寺製薬を全力でお守りすると約束しましょう」

私はごくりと息を呑む。まさか絢斗さんは、私と本気で結婚するつもりなの？

――約束は守るよ。君の実家についてはきちんと対処する――

確かに彼はそう言っていたけれど、結婚まで考えていたなんて。

彼は本当に納得しているのだろうか。そんな軽々しく結婚相手を選んでいいの？

すると、ずっと黙り込んでいた父がようやく口を開いた。

「実は先日、家族で話し合い決めたのです。恵真にはもう、結婚を無理強いしないと。たとえ天花寺製薬が潰れたとしても、恵真には自由に生きてもらいたい」

「お父さん……」

父の言葉に、母も口添える。

「昔、強引に結婚を勧めてしまったせいで、恵真は十年近く私たちとろくに口を利いてくれませんでした。よっぽど嫌だったのでしょう」

「それは、家の事情なんて知らなかったから――」

「でも、許せなかったんでしょう？」

母に尋ねられ、私は黙り込む。

確かに以前は、勝手に結婚を決められたことに反発した。

けれど、私はもう大人なのだ。天花寺製薬を——みんなを守るためなら、望まない結婚だってやむを得ないと理解している。

私が口を開こうとすると、突然絢斗さんが私の肩に手を回し、体を引き寄せた。

私が「え?」と驚きの声を漏らす横で、絢斗さんはにっこりと微笑む。

「ご心配には及びません。私と恵真さんは愛し合っていますから」

……今、なんと?

能天気なひと言に、私も両親も兄もかちんと凍り付いた。

咄嗟の言い訳にしたって無理がある。

しかし、絢斗さんはしれっと嘘をつき通した。

「パーティーで恵真さんに一目惚れした私は、この二週間、結婚を前提とした交際を申し込み続けてきました。幾度となく会い食事をして、お互いの価値観を擦り合わせ、今では恵真さんも私を受け入れてくださっている。そうだよね、恵真?」

有無を言わせない視線を投げかけられ、私は引きつった笑みを浮かべる。

どうしよう、なんて答えたらいいの?

嘘——ではあるけれど、ここで「はい」と答えれば、両親たちは安心してくれるだろうか。

　もともと私は榊弦哉に取り入ろうとしていたのだ。その相手が絢斗さんに変わっただけのこと。

むしろ絢斗さんは、私と天花寺製薬を守ってくれる白馬の騎士。

パーティーの日、『取り入ろうとする男性が、絢斗さんのような人だったらよかったのに』と思ったことが頭をよぎり、わずかに頬が熱くなる。

「……絢斗さんは素敵な方ですから、結婚に異論はありません」

きっとこれが正しい返答だ。私にとっても、家族にとっても。

その言葉に、父も兄も度肝を抜かれた顔をした。

「本気……なのか？」

茫然と呟く父、母は「まあ……」と言って口元を押さえている。

「急な話であることには変わりありません。恵真はよくご両親と相談して、気持ちを整理して」

絢斗さんは私に微笑みかけたあと、父と兄を順繰りに見つめた。

「買収の件も含め、ご検討を。だが、残された時間はあまりない。なるべく、早急に答えを出していただきたい」

それだけ告げて、絢斗さんは天花寺家を立ち去った。

残された私たち家族は、早速客間で緊急会議だ。

「驚いたよ。まさか恵真があんな大物捕まえてくるなんて」

兄が呆れたように言う。私と絢斗さんの関係を、本物の恋人同士だと信じているようだ。

「パーティーの夜、一緒にいたのは絢斗さんだったんだな。着物のまま帰ってこないから、おかしいと思ってたんだ」

「う……うん」

「まあ、あんなに格好いい人にナンパされればついていくか」

私はかあっと赤面する。ナンパだなんてそんなんじゃないのに。

でも、否定するとそれはそれでややこしいのでぐっと堪える。

「恵真。本当にあの人でいいのか？　あれだけ政略結婚は嫌だと拒んでいたのに」

両親はまだ心配そうにしている。昔、私が結婚を激しく拒んだことが忘れられないのだろう。

「絢斗さんと結婚することが、天花寺製薬にとっても一番なのよね？」

両親も兄も無言――その通りなのだろう。私が絢斗さんと結婚をすれば、みんな丸く収まるのだ。

「絢斗さんは私が自分で選んだ人だから政略結婚とは違うわ」

そう告げると、兄は短く息をついて、私の頭をぽんぽんと叩いた。

「まあ、あんなにハイスペックな男性に口説かれたら、嫌な気分にはならないだろ」

緊張が解けたのか、父や母まで一緒になって口々に言う。

「スタイルがよくて、モデルさんみたいな人だったわね」

「あの俳優に似ているよな。ほら、ドラマの主役をしてる顔のいい……あー名前はなんだっけ」

みんなして、まるで私が外見や肩書きで絢斗さんを選んだみたいに言って。

そりゃあ真っ先に格好よさが目につくけれど、もっといいところがいっぱいあるのよ？　優しいところとか、エスコートが上手なところとか……。

無意識のうちに彼のいいところを挙げ連ねている自分がいて、またしても頬が熱くなった。

第四章　君でよかった

私は自宅に帰ってすぐ、絢斗さんに連絡を入れた。

『ようやく電話をくれたね』

絢斗さんの飄々とした声が聞こえてくる。いろいろと言いたいことはあるのだけれど、まずはお礼を伝えた。

「私たちのためにいろいろと考えてくださってありがとうございました。でも――」

私はぎゅっとスマホを握りしめ、受話口の向こうへ怒りを噴出する。

「どうして事前に説明してくださらないんですか。びっくりもいいところです！」

『それは恵真が電話をくれないからだよ。俺は君の連絡先を知らなかった』

正論で返され、ぐうの音も出なくなる。

「……お時間をいただけませんか。いろいろとうかがいたいことが」

結婚は本気なのか、どうしてわざわざ天花寺製薬のためにそこまでしてくれるのか、聞きたいことはたくさんある。

『デートの申し込み？』

「説明を要求してますっ」

茶化す絢斗さんをたしなめるも、彼は意に介さず『次はドライブデートにしようか』なんて気楽なことを言っている。

『じゃあ、一時間後に迎えにいくよ』

「こ、これからですか？」

『俺も一度会って話さなければと思ってた。早い方がいい』

不意に声のトーンが低くなる。どうやら真面目に応じるつもりはあるようだ。

一時間後、絢斗さんが車で迎えに来てくれた。日中のスーツ姿とは違い、カジュアルなジャケットを羽織っている。

乗っている白い車は、きっとすごく高級なのだろうけれど、凝りすぎないシンプルなフォルムに好感が持てる。絢斗さんの柔和な雰囲気にマッチした爽やかな車だ。

私を助手席にエスコートし、彼も運転席に回り込む。

「事前に説明できなくて悪かった。でも、本当にここ二週間バタバタしていたんだ。買収についてのプランをまとめなきゃならなかったし、君からは待てど暮らせど連絡が来ないし」

二度目のクレームにうっと口ごもる。彼、結構根に持つタイプだろうか。

「弦哉にはバレないよう、役員たちを説得しなくちゃならなかった。社長といえど、好き勝手にできるわけじゃないから」

「お兄さんに知られてはいけないんですか？　いずれわかることですよね？」

「武藤薬品工業を裏で操って買収を持ちかけているのは弦哉だ」

「え⁉」

黒幕の存在に驚いて身を乗り出す。シートベルトが突っ張って、我に返った。

「恵真に謝らなきゃならない。あの日、君を行かせなかったせいで、結果的に弦哉を煽ってしまった」

絢斗さんの真面目な声から、本気の謝罪が伝わってくる。

「絢斗さんがかかわっていなかったにせよ、私が弦哉さんの部屋に行かなければこうなっていたってことですよね」

「まあ……そうかもしれない。弦哉はプライドが高いから。なにかしら天花寺製薬に報復していただろう」

勝手に誘っておいて、乗らなかったら報復してやろうだなんて。とんでもなく横暴な人だ。やっぱり、榊弦哉のことは好きになれない。

絢斗さんも嫌悪感丸出しで、実の兄だというのに『弦哉』と呼び捨てている。『お兄さん』と口にするのも嫌なのだろうか。

「仲が悪いんですね」

「ああ。恨みしかないよ」

突き放すような声に、これ以上尋ねるのをはばかられた。

お姉さんがひどい目にあったようなことを言っていたけれど、絢斗さんの姉ということは、弦哉さんにとっても肉親であるはず。彼らの間になにが起きたのだろう。

「お兄さんは榊家の次期当主なんですよね？　たてつくようなことをして大丈夫なんですか？」

「そのための根回しだ。弦哉が文句を言えないように外堀を埋めているところだよ。いくら弦哉とはいえ、榊グループの利益にならないようなわがままを言えば、父が許さない」

ちなみに榊家の現当主である絢斗さんのお父様は、稀にメディアに顔を出すが、厳しい人だと有名だ。

「いずれは弦哉がトップに立つ予定だけれど、今はまだ父がグループ全体を統括している。父の指示には弦哉も逆らえない。それに、榊化学や医薬品製造の分野は俺の管轄だ。弦哉は口出しできない」

どうやら弦哉さんは立場上、武藤薬品工業を介することでしか天花寺製薬に手を出せないようだ。

「ですが、本当にいいんですか？　私と……その、結婚なんて」

口ごもると、絢斗さんは困った顔で笑った。

「君の意見も聞かず、勝手に進めてごめん——」

「そういう問題じゃ、なくてですね」

私からしてみたらメリットのある話だ。でも、彼の方は——。

「絢斗さんは、私が相手でいいんですか？　デメリットしかないのでは——」

「こんなに美人なお嫁さんをもらえるなら、不満なんてないよ」

絢斗さんはハンドルを握りながらにっこりと微笑む。その笑顔が空々しくて、お世辞だ、そう直感した私はうつむいた。

「嘘ですよね……？」

「恵真？」

「どうしてそこまでしてくれるんですか。私と寝た責任を取ろうとしているの？　私がお兄さんに狙われているから、同情でもしている？」

政略結婚ならまだあきらめがつくが、同情結婚なんて後悔しか残らないだろう。絢斗さんが不憫すぎる。

彼は私の思い詰めた表情を見て、車を路肩に停めた。

「恵真。俺は君を愛しているよ？」

「こんなに短い時間で、簡単に愛が芽生えるわけ――」

かみつこうとすると、絢斗さんの手が伸びてきて、私の頭をそっと撫でた。するりと指先を滑らせ頬に触れ、名残惜しそうに戻っていく。

「俺のことが信じられない？」

悲しげな微笑みに、胸がきゅっと締め付けられる。

「……絢斗さんは、私に都合のいいことを言ってばかり。そうやって私を納得させて、本当は全然違うことを考えているんじゃありませんか？」

彼は言葉以上に、何倍もいろいろなことを考えている人だと思う。

天才とか呼ばれているくらいだもの、きっと頭の回転が速くて、私が一を考えている間に十を予測して動いているはずだ。

賢くて気が回るからこそ、私が不安になるようなことは一切口にしない。本音も教えてくれない。

だからこそ不安になる。彼が胸のうちに閉じ込めている思いが、どんなものなのか知りたくてもやもやする……。

じっとうつむいていると、絢斗さんがシートベルトを解いた。ハッとして顔を上げたところに彼の手が伸びてきて、頬を両側から包み込む。

「恵真、正直に話す。君の姿に、君の言葉に、姉を重ねた。君がつらい顔をしていると、姉を思い出して悲しくなる。君を助けたいという気持ちは、俺の自己満足なのかもしれない」

絢斗さんにとって私は、お姉さんの代わり？

私を見ているのではなく、お姉さんを見ているのだとしたら、なんだか虚しい。

絢斗さんは「でも」と言って端正な顔を私に近づけ、こつんと額を当てた。

「どうでもいい女性なら、助けたいだなんて思ったりしないよ。君と姉が違うことも理解しているし、それを踏まえても君の力になりたいと思ってる」

真剣な声にドキリと胸が高鳴る。

「君の言う通り『愛している』というのは誇張なのかもしれない。でも、『愛せそう』な予感はしている」

「『愛せそう』？」

「たとえば——今の俺の愛が八〇パーセントだとしたら、残りの二〇パーセントをふたりでこれから埋めていきたいって思ってる。きっとすぐに埋まるよ。恵真は優しくてかわいくて、素敵な人だから」

私は今度こそ言い返せなくなった。それが紛れもない絢斗さんの本心なのだとわかったから。

「全部埋まったら、俺と結婚してくれる？」

「……もし、埋まらなかったら？」

絢斗さんが私の後頭部に手を伸ばす。抱き寄せて、慰めるみたいに頬と頬をくっつけた。

「ネガティブだね。難しく考えすぎじゃない？　……ああ、今まで愛されたことがなかったんだっけ」

「し、失礼なこと言いますね！」

「ベッドの中でも、初めてのようだったし」

「は、初めてじゃないですもん！」

「でも、片手に収まる程度ではあるでしょ？」

鋭いところを突かれ、ぐっと押し黙る。

片手どころか、二回目ですけどなにか……⁉

初めてお付き合いした男性とは、すぐにお別れしてしまったし、そういう経験はほぼないに等しい。

「下手で悪かったですね！　絢斗さんはさぞたくさんの女性とお付き合いして、テクニックを磨かれたんでしょうね！」

ぷんっと頬を膨らませると、彼は「そんなんじゃないけど」と言い訳した。

「女性経験がないとは言わないが、プロポーズをした女性は君が初めてだ。結婚したいと思った女性も」

きゅっと腕に力を込められ、心臓がとくとくと高鳴り出す。

どうして私？　彼ほどハイスペックな男性であれば、私より素敵な女性とたくさんお付き合いしただろうに、そのときはなぜ結婚したいと思わなかったのだろう。

困り果てて彼の顔を覗き込むと、柔らかい、でも誠実な表情で見つめ返された。

「愛し合おう。もっと近づいて、語り合って、触れ合って、いちゃいちゃしよう。きっと俺の心は、すぐに恵真でいっぱいになる」

絢斗さんの唇が私に触れる。優しさと温もりが流れ込んできて、疑いや不安が一瞬でかき消されてしまう。

……私の心は、もうすでに絢斗さんでいっぱいになっているのかもしれない。

でも、一方的な好意じゃ虚しいだけだ。結婚するなら、お互いの愛が一〇〇パーセントでなければ。

彼が私を愛してくれますようにと、祈るような気持ちでキスを受け止めた。

「綺麗ですね」

私たちは車でシーサイドエリアを走る。広々とした海浜公園、その奥にライトアップされたブリッジが見えて美しい。

「都内でドライブといったらこのあたりだろうけれど……海の夜景はディナークルーズで一度見てしまったからね」

奥の手を先に使うんじゃなかったと、絢斗さんは苦笑している。

「でも、何度見ても綺麗ですよ」

「そう言ってもらえると救われるよ」

「それに、絢斗さんが運転してくれてますから」

ハンドルを握っているのが彼というだけで、景色がまた違って見えるから不思議だ。

他の誰でもなく、彼が私のために運転してくれているのだから。

「恵真が喜ぶならいくらでもドライブに連れていくよ。さ、おいしいものでも食べに行こうか」

「はい！」

案内してくれたのは、上品で落ち着いた雰囲気の寿司割烹だった。入口の格子戸には『貸し切り』の看板が下げられている。

「貸し切りですけど……」

「俺たちが貸し切るんだよ」

……そういえば絢斗さんは、シェフどころかクルーザーまで貸し切ってしまう人だった。店ひとつで今さら驚いちゃいけない。

「ごめんください」

絢斗さんが戸を開けると、薄紫色の和服に割烹着を重ねた女将が出迎えてくれた。歳は絢斗さんより少し上だろうか。優雅で凛としていて、思わず見惚れてしまう着物美人だ。

「いらっしゃい。お久しぶりね、絢斗くん」

「麗子《れいこ》さん。ご無沙汰しています」

知り合い、もしくは常連なのかもしれない。麗子さんと呼ばれた女将は、手荷物を預かりながら親しい様子で挨拶をする。

「絢斗くんが女性を連れてくるだなんて珍しい。とても美人で賢そうなお嬢さんね」

「その印象はすぐに覆ると思いますよ」

絢斗さんが含みのある言い方をする。麗子さんは「あら、そうなの？」と上品に笑って、店内に案内してくれた。

こぢんまりとした店で、席は個室ひとつとカウンター数席だけ。メニュー表はなく、その日の入荷と客の好みに合わせて料理を出すらしい。

「今日は個室がいいかしら？」

「いえ、カウンターでかまいません。彼女は俺より料理に夢中になると思うから」

それはディナークルーズのときの経験を踏まえてだろうか。食いしん坊と言われたようで、思わず顔が熱くなってしまう。

カウンターの中には、和のコックウェアを纏った壮年の男性がいる。

絢斗さんは「お久しぶりです、ご主人」と声をかけてカウンターに座った。

「いらっしゃい。お連れさんに苦手なものは？」

「とくにないそうです。今日は贅沢にお願いします」

「かしこまりました」

まず出てきたのは、初夏の野菜や刺身が華やかに盛り付けられた、まるで芸術作品のような先付。

「わあ……」

思わず感嘆の声を上げて絢斗さんを見つめた。

「ん？　どうしたの？」

「なんだか箸をつけるのがもったいなくて」

「ああ。でもそれじゃお料理が浮かばれないだろう」

「もちろんいただきます……！」

目でたっぷりと堪能し食欲を底上げしたあと、花びらのように飾られた鯛を一枚すくい、波のように描かれた白いソースにつけて食べる。

「っん！」

みずみずしい刺身はそれだけでもおいしいけれど、甘くてコクのあるソースがとても合う！　これは白味噌かしら？　ちょっぴり雲丹のようななめらかさや柚子のような爽やかな香りも感じるけれど……きっと詳しくは企業秘密なのだろう。

大きく目を見開き、さらにひと口。今度はアスパラにピンク色のソースをつける。

ああ、これは海老のソースね。アスパラの食感が心地よく、まるで未知のマリアージュ――。

ハッとして顔を上げると、女将とご主人が私のことをほくほくした表情で見つめていた。

「かわいいお嬢さん」

「素直ないい子だ」

恥ずかしくなってリスのように膨らんだ口元を押さえる。反対に、絢斗さんは楽しそうに眼差しを緩めた。

「彼女は恵真。結婚を考えているんです。おいしそうに食べてくれる子でしょう?」

「本当ね。見ているだけで幸せな気分になるわ。絢斗くんが気に入った理由がわかる気がする」

麗子さんが頬に手を当ててうっとりする。

「でも、ちょっぴり寂しいわ。絢斗くんたら、ちょっと前までは私と結婚してくれるって言っていたのに……」

私は思わず吹き出しかけ、隣の絢斗さんもごふっとむせる。

もしかして、麗子さんって絢斗さんと……その……そういう関係だったの?

これだけお淑やかで気品漂う着物美人なら、絢斗さんの隣にいても遜色ない。対する私はどうだろう。かわいげのない食いしん坊だ。急に自分がみすぼらしく思えてきて、しゅんと落ち込む。

するると、ご主人が冷ややかな声で「お客様をからかうんじゃない」と麗子さんに釘を刺した。

「うふふ。本気にしちゃったかしら。かわいい」

「麗子さん。あまり恵真をいじめないでやってください」

絢斗さんがお茶をひと口飲んで、ふうっと息をつく。

「だいたい、五歳の子に『マグロたくさん食べさせてあげるから、お姉さんと結婚して？』って言質取る大人ってどうなんです？」

「罪作りな子ねえ」

麗子さんがふふっと笑う。絢斗さんが五歳のときに、すでに大人？　いや、そんなわけはない。麗子さんはどう見ても三十代くらいにしか見えないのに。

「あの頃の絢斗くんったら、かわいかったわぁ。お姉ちゃんに手を握られてこの店に来たわね」

「その頃から麗子さんはここで働いていましたね。何年経っても変わらずお美しい」

「あら、ありがとう」

麗子さんが笑顔で答える。

って、ちょっと待って。麗子さんはいったい何歳なの？

「恵真。あらためて紹介する。あちらが姉の友人の真治《しんじ》さん。そして、その奥様の麗子さん。麗子さんの歳は詳しくは伏せとくけど、俺が生まれたときには成人してた」

びっくりして目を瞬く。軽く五十歳は超えているということだろうか。

麗子さんはからかい足りないのか、ご主人に向かってちょいちょいと手を振る。

「だってこの前の絢斗くんの言葉、覚えてる？　女性は深くかかわると面倒だって」

今度こそ絢斗さんがげほげほと激しくむせた。

……これまで結婚を考えた女性はいないと言っていたのは、本当だったんだ。

ご主人が困った顔でフォローする。

「それだけ素敵な女性に巡り会えたということだろう。よかったじゃないか」

「ええ、本当に」

「妻が申し訳ない。絢斗くんが女の子を連れてきたのは初めてだから、浮かれているんだ」

そう言って和食器に握りをたくさん並べて出してくれる。

こ、これは……雲丹、トロ、アワビ、車海老に白子……！

華やかなお寿司を前にしたら、絢斗さんの女性関係なんて割とどうでもいいかもしれないと思えてきた。過去のことを今さらどうこう言ったって仕方がないもの。

うん、食べよう。

「ご主人。すみませんが、恵真の前にお料理を出し続けてくれます？　そうすれば彼女のご機嫌が取れる」

「……了解」

「絢斗さん、このアオリイカ、飾り切りがすごく繊細ですね。色とりどりの胡麻がかかっていて、まるで髪飾りみたい」

麗子さんは「イカを髪飾りにたとえる子を初めて見たわ」と楽しそうだ。

ご主人はさらに気をよくしたらしく「とっておきのマグロを出してあげよう」と、深紅から淡い桃色まで様々な部位のマグロを並べてくれた。

クリームのようなトロを舌の上で溶かして、極楽ね……とうっとり目を瞑る。

そんな私を見て麗子さんとご主人は、顔を見合わせて頷いている。

「ぜひまた連れてきてね、絢斗くん。恵真さんに食べてもらえると、私たちまで元気になるわ」

「そうするよ」

なんだか三人して納得したようだけれど……私、食いしん坊確定かしら？

困り果てて絢斗さんを見つめると、彼は満足そうに微笑んだ。

「おいしかったですね！」

お腹をパンパンに膨らませて私と絢斗さんは店を出る。

お土産に日本酒と押し寿司までいただいた。日本酒は高級なもので、ふたりからの結婚祝いだそうだ――結婚と言うには、少々気が早いのだけれど。

絢斗さんは帰りの車を運転しながら「本当に」と満足げに頷く。

「君でよかったたって、心底思った」

「なにがです？」

「なんでもないよ」

絢斗さんは楽しそうにハンドルを握っている。

車は湾岸エリアを出て、都心方面へ。また違った景色に胸が高鳴る。周囲には商業ビルが建ち並び、遅い時間にもかかわらず人が多くて賑やかだ。

「明日は仕事？」

「いえ。明日は予定休なんです」

「じゃあ、今日は君をお持ち帰りしてもいいわけだ」

唐突にそんなことを言い出したものだから、私はぎょっと彼を覗き込んだ。

「あの、絢斗さん、私帰りま――」

「おみやももらったことだし？」

彼がこちらに視線を流してにやりと笑う。確かに押し寿司と日本酒は……捨て置けない。

「うちに来る？　おみやを食べに」

後半を強調し、まるでおみやを免罪符のようにちらつかせる。

「…………行きます」

食欲に抗えず同意する。決してやましいことをしに行くわけではない、食べるだけだと自分に言い聞かせた。

絢斗さんが住んでいるのは都心にある高層マンション。地下駐車場に車を停め、警備員のいるセキュリティゲートを抜けてエレベーターホールに向かう。

エレベーターはキー制御されており、自宅のある階や共用スペースにしか降りられないようになっている。

「厳重ですね……」

「ああ。芸能人なんかも多いらしい」

エレベーターが上昇し、ガラス窓から見える景色がどんどん開けていった。建造物の明かりが、まるで宝石をちりばめたかのように階下に広がっていく。

「すごい眺め……」

「リビングからもよく見えるから、ソファに座ってゆっくり見るといい」

「毎晩これが見られるなんて、贅沢ですね」

エレベーターを降りると、廊下の奥に彼の家の扉があった。

広々とした玄関。いくつか部屋があり、一番奥のリビングへ辿り着くと、彼が教えてくれたように一面の窓から夜景が望めた。

「素敵な景色……」

窓際に立ってうっとりと景色を眺める。クルーザーや車からの眺めも美しいけれど、上からの眺望もロマンティックだ。

「少し休憩しよう。と言っても、さすがにまだお腹は減っていないよね」

腰に彼の手が触れる。驚いて振り向くと、艶っぽい眼差しをした彼が立っていて呼吸が止まりそうになった。まさか休憩って……。

身の危険を感じ、サッと目を逸らして窓の外を眺める振りをする。

「押し寿司食べますかっ」

「もう少し消化する時間をくれないか？」

慌ててごまかしたことなど見抜いているのだろう、彼はくすくす笑い、私の腰から手を解いた。

「日本酒を飲みながらのんびりソファでお話しもいいが、もし元気がありあまっているなら、軽くスポーツでもしてみる？」

「ス、スポーツ、ですか？」

振り返り絢斗さんを覗き見る。まさかベッドの中でなんて言わないわよね……？

緊張していると、彼は「今、なに想像した？」とにやりと口の端を跳ね上げ、リビングの奥にあるパーテーションに手をかけた。

「純粋なスポーツを提案したつもりだったのに。恵真ってエッチだな」

いじわるにそうからかってパーテーションを開けると、奥に広々とした部屋がもうひとつあり、中央にビリヤード台が置かれていた。

「家にビリヤード台が……！」

「知人のお古で譲り受けたんだ。見せるとみんなそういうリアクションするから、気取ってるみたいでちょっと恥ずかしいんだけど」

そう言って絢斗さんは、ラックに並ぶ木の棒に手をかける。

その横にはボールと、大きなトライアングルのような木枠がかけられている。

「興味ある?」

「やったことはありませんが、興味はあります」

「じゃあ、少しだけやってみようか。シンプルなゲームをしよう。細かいルールは割愛するよ」

絢斗さんはボールを台の上に運ぶ。木枠の中に九個のボールを揃えて置き、ダイヤ形に並べた。その巨大トライアングルは、ボールを綺麗に並べるために使うらしい。

「ブレイクショット。やってみる?」

「なんだか格好いい名前ですね。どうすればいいんです?」

「この白い球が手球と言って、君がつくボール。番号が書かれているのが的球、当てるボールだ。最初は的球が固まっているから、先頭の1番に当てて散らしてくれ」

絢斗さんはラックから木の棒を抜き取り、私に差し出す。

自身も一本手に取って、「キューの持ち方はこう」と台の上で構えてみせた。

中指の上に棒——キューを置き、人差し指と親指で包むように固定する。

「持つだけで難しいですね」

「慣れだよ。腰を低くして目線を球に合わせ、キューを押し出す。とりあえず当たればいいから、やってごらん」

手球は思った以上にずっしりとして重い。的球ひとつひとつがこの重さなら、結構な力で打ち込まないと散らせないかもしれない。

私は手球を正面に置き、的球に向けて思いっきりキューを押し出した。

カカン！　と景気のいい音を響かせて、的球が散らばる。

そのうちのひとつが早くも台の脇にある穴に落ちたようで、私の足元にあるボックスまでごろごろと転がってきた。

「上手上手！　才能あるかもね」

「ほ、本当ですか⁉」

ぱちぱちと手を叩かれ、嬉しくなる。俄然やる気が湧いてきた……！

「的球が綺麗に散らばったね。そしたら、小さい番号から順にポケットに落としていく。９を落とせた方の勝ちだ」

「さっきみたいに、全然違う番号が落ちてしまったら？」

「それはそれでアリだよ。巻き添えでも９が落ちれば勝ち。でも、手球が一番小さい番号の的球に当たらなかったらミスになるから気をつけて」

絢斗さんが手球を渡してくれる。「好きなところからどうぞ」と言われ、私は台上の一番小さい番号、1番を探す。

「ここなら、真っ直ぐ当てればポケットに入りますよね」

私は、ポケットと1番の線上に手球を置く。先ほどの要領でキューを押し出してみるけれど、わずかに右にぶれたのか、1番はポケット脇のクッションに当たる。

「真っ直ぐ当てたつもりだったのに……」

「ハンデだ、もう一回続けていいよ」

「でも、手球と1番の間に5番があって、当たりそうにないですよ」

「周りのクッションにバウンドさせればいいんじゃない？　こう当たって、こう当たって、こう」

「ツーバウンド!?　そんなミラクルショット出せると思います!?」

文句を言いつつやってみるけれと、当然というかなんというか、思いもよらない方向へ手球は飛んでいき、1番にかすりもせず止まってしまう。

「残念～」

「今の状況、絢斗さんなら当たるんですか？」

詰め寄ると「たぶんね」という緩い答えが返ってきた。

「じゃあちょっとやってみてください」

手球をもとの位置に戻し、さあどうぞと絢斗さんに譲ると、彼は「う～ん」と少し悩んだあと、あろうことかお尻を台の上に乗せて腰かけた。

「台に座るなんてお行儀悪いですよ」

「こういうショットなんだ。ちなみに片足がついていれば台に乗ってもかまわない」

私とは全然違うフォームで、キューを上から下に向けて構える。鋭い視線と腰を捻ったポーズに思わず見惚れてしまった。足が長くないとできない芸当だ……。

絢斗さんはキューを下に押し出し、手球をポンと浮き上がらせた。

「ジャンプ!?」

5番を飛び越えた手球は1番に当たる。しかし勢いは足りず、ポケットの手前で止まってしまった。

「さすがに入らないか。当たっただけでよしとしよう」

「そんなやり方があるなんて、聞いてません！」

「言ったところで、できたと思う？」

にやりとした笑みで挑発され、ムッと頬を膨らます。

「次は絶対に当ててみせます」

「楽しみにしてる」

手球を戻し、彼の番。腰を低くして狙いを定め、今度はスタンダードなショットを見せてくれる。手球が勢いよく転がり、的球に次々と当たってカカカンと小気味よい音を響かせた。

ふたつの球がポケットに落ちて、リターンボックスに集まってくる。

「今の、狙ってやったんですか?」

「ひとつは狙い通り。もうひとつはまぐれ。1番と2番が落ちたね」

ショットが成功したから、まだ彼のターン。3番は狙いにくい位置にあって、なんとかかすりはしたけれど、ポケットに落ちず交代。

「嫌な位置に止まっちゃったな」

3番はポケットの手前。彼にとっては嫌な位置だけれど、私にはチャンスだ。

「少し当てるだけで落ちてくれそうですね」

……もしかして、わざとつきやすい位置に置いてくれた?

ちらりと顔色をうかがうけれど、絢斗さんは穏やかに笑って「どうぞ」と促す。せっかくなので、遠慮なくつかせてもらおう。

私は狙いを定め、キューを押し出す。しかし――。

「っ、あ……」

難易度の低いショットだったはずなのに、支えていた左手がぶれ、よろよろと転がった手球は3番の手前で止まってしまった。超凡ミスだ。

絢斗さんは無言のまま、お腹を抱えて肩を震わせる。

「わ、笑わないでください！」

「あんなに意気込んでたのに……」

笑いをかみ殺す姿がいっそう腹立たしい。ハンデでもう一度やらせてもらい、今度こそ3番をポケットに落とす。

「上手上手」

「やめてください……すごい悔しい……」

絢斗さんはぱちぱちと手を叩きながら、不意に「恵真ってさ」と切り出した。

「出会った頃は、表情の少ない子だなって思ってたんだ。食べてるとき以外は」

最後のひと言は余計だ。

「今はすごく表情豊かだよ。食べてないときも」

「……最後にいちいちひと言付け加えるのはやめてください」

もともと私はそこまで感情を表に出すタイプではないし、彼と出会った頃は追い詰められていて暗い顔しかできなかった。

今は気が抜けているのだろう。絢斗さんと一緒にいると不思議と緩んでしまう。彼が甘やかしてくれるから、どんどん仮面が剝がれていく。

「本当は喜怒哀楽、激しいタイプなんだね」

「幻滅、してます？」

落ち着いた性格の子が好みだったかな？　なんてふと気になって。

試しに尋ねてみると、彼は困った顔で近づいてきた。

「そんなこと、悲しそうな顔で尋ねないでくれ」

私の腰に腕を回し、きゅっと抱き寄せる。突然のハグに驚いたものの、あまりにも優しい抱擁だったから、拒む意思も湧かなかった。

「好きだよ。どんな顔も、俺にだけ見せてくれているんだってわかるから」

「それ……は……」

まるで自分の恋心が見透かされているよう。彼のそういう余裕ぶった態度が、悔しくもあり……嬉しくもある。

恥ずかしくなって絢斗さんの胸元に自ら顔を埋めると、彼は受け止めるように腕に力を込めた。

「恵真。ゲームの続きはベッドの中でする？」

突然の誘惑に驚いて顔を上げると、彼はとろんと目を細めて「恵真を抱きたくなった」なんて甘えた声を出した。

思わず目を逸らしたが、ふと視界に入ったビリヤード台を見て我に返る。

9番と4番が角のポケットに向かって一直線に並んでいる。これって私のチャンスなんじゃない？

「……その手には乗りません」

「ん？」

「負けそうになって、慌ててごまかしてるでしょう？」

私が台を指差すと、彼はまいったように苦笑した。

「ごまかしてなんてないよ。だいたいそんなロングショット、当てる自信あるの？」

挑発されいっそうムキになる。

絶対に当ててやる……！　闘志を燃やすと、絢斗さんは額に手を当てた。

「煽ったわけじゃないんだけど……」

「絶対勝ちます！」

「その情熱を俺に向けてほしいなあ」

結局ロングショットは失敗し、第一ゲームは彼の勝ち。第二ゲームは私が勝ったけれど、自力で勝ったというよりは勝たせてもらったという感じだ。

「次、勝ったら抱かせてくれる？」

「途端に本気出すのやめてください！」

結局三ゲームプレイして、二対一で彼の勝ち。軽い運動を済ませた私たちは、手土産にもらった押し寿司と日本酒をいただくことにした。

リビングのソファに並んで腰かけて乾杯する。

「この日本酒、甘みが強くておいしいですね」

「飲みやすいね。恵真用に選んでくれたのかな」

お寿司も日本酒もとてもおいしいはずなのに、気が抜けたのか、ふああと大きなあくびが出た。

「っ、ごめんなさい」

「疲れたんだろう。今日はいろいろあったから」

予期しない出来事の連続に、心身ともに疲弊している自覚はある。

絢斗さんが私の実家を訪れ、突然の買収と婚約の話。そのあとドライブをして、おいしいお寿司をいただいて、家に連れ帰られたかと思えばビリヤード。

「ビリヤードなんてさせないで、もっと労わってあげればよかった。これじゃあこのあと、体力が持たない」

なぜか悔しそうに絢斗さんは言う。

「ずっと運転してた絢斗さんは、もっと疲れているでしょう？」

「終始俺のペースに付き合わされていた君の方が疲れているはずだ」

そう言って私の肩を抱き、おいでとゆっくり力を込める。

眠気も相まって頭を支え切れなくなり、額がことんと彼の胸にぶつかった。彼の腕の中でもう一度、ふああと大きなあくびをする。

「んん……ごめんなさい、私、重たいでしょ？」

「平気だよ。少し目を閉じて休んでごらん」

「……じゃあ、お言葉に甘えて……」

あまりの眠気に負けて理性がきちんと働かない。少しだけ、そう自分に言い訳をして目を閉じる。誰かの腕の中で眠るなんて、普段なら絶対に考えないのに。

……心地いい。

彼の温もりに包まれ、あまりにも幸せな眠りに落ちた。

第五章　片時も離れたくないくらいに

目が覚めると私はベッドにいた。ブラインドの隙間から漏れた朝日が部屋に差し込んでいる。

服は昨夜のままで、乱れてもいない。眠ってしまった私を絢斗さんがベッドまで運んでくれたのだろう。

そして、当人は私の横で寝息を立てていた。薄手の白いシャツを着て、開けた胸元からは逞しそうな胸板が覗いている。

いや、逞しそうな、ではない。逞しいと私は身をもって知っているのだから。

安らかな寝顔、意識がなくとも整った顔立ち。こんな素敵な人が自分に求婚してくれただなんて、まだ信じられない。

絢斗さんが目を覚まさないのをいいことに、じっと見つめていると。

「眠っている人間を観察？　お返しのつもりかな」

目は閉じられたままなのに、口が開いたのでびくりと固まる。しまったと慌てるも手遅れで、次の瞬間、瞼を開けた彼とぱっちり目が合った。

「起きてらしたんですか……」

「今起きたよ。それで、君はいったいいつから俺を見つめてたの？　そんなに俺が格好よかった？」

自分の魅力を知った上で言うのだからいじわるだ。

獲物を狙う肉食獣のように、欲を隠しもせず私の顎に手をかける。艶っぽい瞳。朝から詰め寄られ、たじろいでしまった。

「お返しって……なんのことですか？」

「ああ。あの日、君が眠っている間に――」

そう言って、絢斗さんは言葉を切った。

あの日……？　一夜を過ごしたあのとき、いったいなにがあったのだろうか。

「私が眠っている間に……なんです？」

「いや。別に、たいしたことはないよ。眠っている君を少し見つめていただけ」

見つめていたって――あのとき、私は服を着ていなかった気がするのだけれど。

異議を唱えようとすると、彼がこちらに手を伸ばしてきて、私を引き寄せた。

彼の上に圧しかかるような体勢になり、私は「ちょっと、絢斗さん！」と悲鳴を上げる。

「昨夜、抱きたいって言ったはずだよね？　なのに君はすやすや眠っちゃったから」

いじけたように言うと、私をお腹の上に載せて猫みたいに撫でる。

「お、お言葉ですが、休んでいいって言ったのは絢斗さんですよ」

「そりゃあ、疲れ切っている女性を無理やり抱くなんてできないだろう」

でも抱きたかった、なんてニュアンスを滲ませながら、彼がいじわるな笑みを浮かべる。私の体をころんとマットに転がし、今度は彼が私の上に覆いかぶさった。

「まあ、打算ゼロで無防備なところも君のよさだから、大人しくあきらめることにするよ。すごく焦れったくて歯がゆいけど、そんなところも好きだから仕方ない」

そう宣言して唇の先にちゅっとキスを落とす。

唇へのキス——彼は馴染みの仕草のようにさらりとしてのけたけれど、私の心臓は今、すごくばくばくしている……。

「君は被害者みたいな顔してるけど、翻弄されているのは俺の方だからね」

どう見ても翻弄されているのは私の方なのに？　首を傾げると、彼はムッと不満そうな顔をして、私の耳朶にかみついた。

「ひゃっ！　やだ、ちょっと」

「君のそういうとこ、いじめたくなるな」

サディスティックに囁いて私をからかったあと、彼は切り替えるように上半身を起き上がらせた。

「もう八時か。シャワーと朝食、どちらにする？」

尋ねられ、私は頬に手を当てる。昨夜、メイクも落とさず眠ってしまったので、ファンデーションが肌に残っている感じがする。さっぱりしたいところだ。

「シャワー、お借りしてもいいですか？」

「じゃあ、朝食を九時に頼んでおくよ。俺は少しだけ仕事を片付けてくるから、先にシャワー浴びててくれる？」

「もしかして、今日、お仕事でしたか？」

彼は「月曜日だからね」と苦笑した。無理やり休ませてしまったのだとしたら、申し訳ない。

「私、お邪魔でしたら帰りますよ？」

「大丈夫。最近ずっと休日返上で働いてたから、たまに休んでも罰は当たらない。ただ電話はかかってくるかもしれない。うるさかったらごめん」

「私の方こそ、合わせてもらってすみません」

サービス業である私は、土日祝日の勤務がメイン。

本社で事務作業や会議もあるのだけれど、基本的には店舗に出て、売り場のサポートやクレーム対応、新人の指導なんかに当たっている。

勤務はシフト制でそのときどき。昨日のように無理やり休むなどしない限りは、土日に休みが取れることはない。

もっと昇進してマネージャークラスになれば土日休みになるのだけれど、道のりは遠そうだ。

「俺はひとつの会社に所属しているわけではないから、そもそも休暇って概念もないんだ。替えが利くような仕事でもないし、問題があればいつでも駆り出される。その代わり、緊急のトラブルでもない限り、今日みたいに少しだけわがままも言える」

絢斗さんは私の頭の上に手を置いて、ふんわりと微笑む。

「四六時中くっついていられるような関係にはなれないけれど、君が寂しがっているときには飛んでいくから、覚えておいて」

額にちゅっとキスを落とすと「少しだけ外すね」と部屋を出ていった。

温もりの残る額を押さえ、彼のうしろ姿を見つめる。

社長の仕事の過酷さは、両親を見て知っている。とくに絢斗さんは複数の会社の取締役を兼務しているし、投資家としても活動しているから、とても忙しいだろう。

「……気を遣ってくれているのね」

今日だって忙しかっただろうに、私の予定を聞いて急遽時間を作ってくれた。

「そこまでして、どうして私と結婚なんて……」

彼が本気であることは伝わってくる。馴染みの店で私を紹介してくれたことを考えても、この求婚は冷やかしなんかじゃないのだろう。でも——。

本当に絢斗さんは私が相手でいいのかな？

湧き上がってくる漠然とした不安を収めるのは難しそうだ。


「恵真。バッグとアクセサリー、どちらが欲しい？」

突然絢斗さんがそんなことを尋ねてきたのは、その日の午後だった。

午前中、彼は仕事の電話やリモート会議に応じて忙しなくしていたが、ようやくまとまった時間が取れたのか、ショッピングに行かないか？　と切り出してきた。

「……どっちも嬉しいですが、どっちもいりません」

なにかのお祝いやプレゼントならまだしも、理由もないのに買ってもらうなんてできない。

「午前中、恵真を退屈させたから、お詫びをさせてほしいんだ」

「私はとても充実していましたよ」

彼が仕事をしている間、ひとりでビリヤードをやってみたり、リビングにある巨大スクリーンでアクション映画を鑑賞したりと、楽しい時間を過ごした。

「……複雑だ。嘘でも寂しかったと言ってほしい」

そうふてくされて、ソファに座る私にじゃれついてくる。

「そういえば、棚の中に未開封の映画のディスクを見つけたんですけど……絢斗さんもまだでしたら一緒に観ません？」

「俺のお詫びは？」

「ゴージャスさでごまかそうとするの、絢斗さんの悪い癖ですよ」

「大好きな人にはなんでも買ってあげたくなっちゃう男心を理解してくれ」

「今あるもので楽しめばいいじゃありませんか」

わざわざバッグやアクセサリーを買って私のご機嫌を取る必要はない。

「それに、まだお仕事が残っているんでしょう？」

私が尋ねると、絢斗さんは苦々しい笑みを浮かべた。

「恵真。いい子すぎるよ。なんだか俺だけ格好悪い」

「お仕事をきちんとするのは格好いいと思いますけど」

「気を遣おうとしているのに、逆に遣われている感じが情けない」

私の頭をくしゃくしゃとかき混ぜて、額にちゅっとキスを落とす。

そうやってかまわれるのは嬉しいけれど、なんだか気恥ずかしくて、そっけない振りをしてしまう。

「そのキスもお詫びのつもりです？」

尋ねてみると、彼は小さくため息をついた。

「やるせないよ。満足させたいのに、恵真はなにも欲しがってくれない。欲のない恵真も愛おしくてかわいいが……」

「ええと……つまり？」

「感情のやり場がない」

そう言うと乱暴に私の頭を抱きしめ、ソファにごろんと転がる。

「きゃっ、絢斗さん!?」

「恵真。好きだよ」

真正面から『好き』なんて言われるのは初めてで、照れくさくてたまらない。

彼の腕から逃れようともがくけれど、ちっとも離してくれないし、やはりからかわれているとしか思えない。

「このままいちゃいちゃしながら、ホラー映画でも観よう」

「ホラー？　なんか下心が透けて見えて嫌です！」

なんとか彼の腕の中から抜け出し、映画のディスクが並ぶ棚のもとに向かうと、未開封の一作を手に取った。

最近ディスク化されたばかりの話題作だ。確か、幼い少女が相棒の犬とともに母親を探す旅に出るという感動巨作。

「これにしましょう、全米が泣いたそうです」

「それ悲しいお話だよね？　恵真の涙は見たくない」

「泣くために観るんじゃありませんか。泣かなくてどうするんです？」

無理やり絢斗さんを説得し、映画を鑑賞し始める。

シンデレラのように不遇な扱いを受ける少女が、失踪した母を追って旅に出るものの食事にありつけず、雪の中、相棒の犬とともに行き倒れてしまう。

涙を誘うお話――ではあるのだけれど、いざ観てみると泣いているのは絢斗さんの方で、しんどそうに目頭を押さえている。

「……大丈夫ですか？」

「泣かせ方がえぐいよ……」

私が差し出したティッシュボックスを受け取り、ぐすぐすと鼻をかむ。

するると、彼の胸ポケットからブーッブーッとバイブ音が響いてきた。彼のスマホだ。きっと仕事の連絡だろう。

「絢斗さん？」

「……そういう気分じゃない」

「絢斗さん！」

しっかりしてくださいとばかりに脇腹を小突くと、彼はスマホを片手にしぶしぶ立ち上がった。ぐすぐすと鼻を鳴らしながら、部屋を出ていく。

私は映画を一時停止させて、彼が戻ってくるのを待つ。戻ってきた彼は、スクリーンに映し出された幼気な少女を見て、鬱々と目頭を押さえた。

「もうやめよう。悲しすぎる……」

「この中途半端なところでやめる方がもやもやしてつらくありませんか？」

「だって、この女の子も犬も、死ぬのが目に見えているじゃないか」

絢斗さんはソファに座り、膝の間に私を置いてぎゅっと抱きすくめる。すっかり弱腰になっている彼を見かねて、私は仕方なく抱き枕に徹した。

ラストでやっぱり天国に行ってしまった少女と犬。絢斗さんは無言で私の肩に顔を埋める。完全に心折れている彼の頭を撫でて、いい子いい子してあげた。

「子どもと動物を使うなんてずるいと思わないか……！」

「戦略にはまりすぎです」

哀しくて優しいエンドロールが流れる。

顔立ちは端正でとても格好いいのに、鼻の頭を赤くして目を潤ませている絢斗さんは、ちょっぴりかわいいなあなんて他人事のように思ってしまった。


夜遅く、絢斗さんは私を家まで車で送ってくれた。運転席でハンドルを握りながら、不満げに漏らす。

「いい歳の男女が二日も一緒にいて、一度もエッチなことをしないなんて」

「健全じゃありませんか」

「健全すぎて不健全だよ」

そうは言うものの、ことあるごとに抱きつかれたりキスされたり、健全な関係とも言いがたいと思うのだけれど。

彼はいちゃつき足りなかったらしく、ずっとぶつぶつ言っている。

「私は……楽しかったですけど」

ぽつりと漏らすと、絢斗さんは毒気を抜かれたように肩を落とした。

「そういうことを打算なく、サラッと言えちゃうのが恵真なんだよね」

「どういう意味です？」

「かなわないなあと思って」

どこか吹っ切れたような顔をして、私の自宅マンションの前に車を停める。

「わざわざ送ってくださってありがとうございました」

お礼を告げると、不意に絢斗さんが私の頬に手を滑らせ、顔を近づけてきた。

「――俺も楽しかった。恵真がもっと好きになった」

そう甘く囁いて、私の唇をゆったりと奪う。こういうことをサラッと言えちゃうのが絢斗さんだ。私の方がよっぽどかなわない。

「連絡する。予定は合わせづらいかもしれないけれど、短い時間でもいい。会おう」

「……また、一緒に映画観ましょうね。今度は絢斗さんが泣かないやつ」

からかうように口にすると、絢斗さんは「恵真？」と恨めしそうに笑って、私の頬をふにっとつねった。

「次はロマンティックな恋愛映画を観よう。最高にハッピーエンドで、思わず恵真が俺に抱かれたくなるようなやつ」

「また感動して泣いちゃうんじゃありませんか？　目が真っ赤な絢斗さん、ちょっとかわいかったですよ」

「恵真！」

絢斗さんが怒って私の頬をふにふに伸ばす。でも、目はとろんと垂れていて、口元にはいじわるな笑み。思わずこちらまでふふふと笑ってしまう。

いつも綺麗な表情をしている絢斗さんだけれど、今この瞬間は素の顔を見せてくれているのだろう、そんな気がした。

「恵真がこんなにいじわるな子だとは思わなかった。悪い子にはお仕置きだな」

そう言って、私の首筋にかぷっとかみつく。くすぐったくて、笑いが止まらなくなってきた。

「あはは！　やだ、絢斗さん、くすぐったい！」

「くすぐりたかったわけじゃないんだけど……まあいいや」

絢斗さんは舌を滑らせたり吐息を吹きかけたりと、悶える私をさらにいたぶる。

やがてちゅうっと音を立てて吸い付いた。途端に動きが甘美になって、絢斗さんがなにをしたかったのかを悟る。

「あの……絢斗さん、車の中は、恥ずかしい」

「誰も見ていないから大丈夫」

指先を絡めてシートに押し付け、深く唇を重ねる。もう片方の手が私の腰に回り、ゆっくりと撫でるように上がってきた。

「あ……絢斗さん、どこ触って——」

「これもお仕置き」

「嘘、ずるい」

絡まった指先をきゅっと握り込んで、キスに応える。

ふたりの吐息と絡み合う唇から漏れる水音、衣服の擦れ合う音が車内に響き、鼓動がどくどくと高鳴り始める。

別れ際にこんな気分にさせるなんて、ひどい。

「困ったな。帰りたくなくなってきた」

私も帰ってほしくない。このままひとりにされるなんて、耐えられない。

「……少しだけ、うちに寄っていきますか？」

思い詰めた末にそんな誘いを口にすると、絢斗さんは「やっぱり悪い子だなあ」と不敵な表情をした。

「お誘いに乗ろうかな」

近くのパーキングに車を停め、私たちは部屋に向かう。

玄関に入った瞬間からキスの続きが始まって、彼は我慢の限界とばかりに私を床に押し倒した。

「あの……せめてベッドに……」

「ベッドまで待てるなんて余裕だね。俺はすぐにでも君を抱きたいのに」

はだけた肩がフローリングに当たって冷やりとする。でもそれ以上に、重なった彼の肌が温かくて、寒さを感じない。

「……落ち着いたら、ちゃんとベッドに連れていってくださいね？」

「恵真が意識を失う頃には運んであげるよ」

そんな心ない約束をして、私たちはすぐさま昂った情熱をぶつけ合う。

初めて体を重ねたときのような恥じらいや罪悪感なんて微塵もなく、ただ欲望と彼への愛おしさに突き動かされて、私はすべてをさらけ出した。


気がつけば私はベッドにいて、彼はシャツを羽織っているところだった。カーテンの外に白んだ空が見える。きっとまだ明け方だろう。

「絢斗さん、行くんですか？」

「うん。ごめんね、恵真」

寝起きの私に気遣わしげなキスをくれる。甘くて、優しくて、うしろ髪を引かれるような儚いキスだ。

「私の方こそ、引き止めちゃってごめんなさい」

「わがままを言ったのは俺だ」

私はベッドから起き上がり、シャツのボタンを留めるのを手伝う。絢斗さんは「奥さんみたいだ」と笑って、私にやらせてくれた。

「気をつけて帰ってくださいね」

「恵真も。目の届かないところに恵真を置いておくのは心配だな」

そう言って私をそっと抱きしめる。起き抜けで乱れた私の髪をすきながら、浅めのキスを何度もくれた。

「過保護、ですね」

「片時も離れたくない」

その声があまりにも真剣で、ドキリとさせられる。いつもは余裕の笑みを浮かべて、茶化すように愛を囁くのに、今日の彼は違う。

「君に求婚したときより、何十倍も愛しているよ」

「……私もです」

それが本心なのだとわかり、安堵の吐息が漏れる。

絢斗さんは以前、私への愛はまだ一〇〇パーセントではないと言っていたけれど。

気持ち、埋まったかな……？

私への想いでいっぱいになってくれたら、そんなことを願ってしまう。

彼を玄関まで見送り、しばらく確認していなかったスマホを見ると、兄からたくさんの着信が来ていた。買収と婚約の件だろう。メッセージアプリに『今後のことを話したい』とメッセージが来ている。

私は『今晩、仕事が終わったら連絡する』とだけメッセージを送って、気持ちを落ち着かせるようにシャワーを浴びた。


その日の夜。仕事を終えて帰宅した私は、真っ先に兄に電話をした。

スマホを耳に当てながら、通勤用のジャケットを脱ぎ、バッグの中に入れていた残りわずかなミネラルウォーターを飲み干す。

呼び出し音が途切れると、兄の『もしもし』という声が聞こえてきた。

「昨日は連絡できなくてごめんね」

兄は小声で『大丈夫』と答える。妙に静かな部屋にいるようだけれど、もしかして、まだ会社だろうか。

「仕事中？」

『ああ。だがちょうどよかった。今、天花寺製薬としての方針が決まったところだ』

場所を移動したらしく、いつもの声のトーンに戻る。

きっと天花寺製薬の今後を左右する大切な会議をしていたのだろう。私はごくりと息を呑み、兄に「どうなったの？」と尋ねた。

『まずは情報を集めた。武藤薬品工業が買収に向けて動いているのは確かなようだ。こちらに準備する間を与えず仕掛けてくるだろう』

そんな情報、普通は表に出回らない。おそらく特別なコネクションを使ったのだろう。天花寺製薬は古くからある会社だから、独自のネットワークを持っている。

『防御策はいくつかあるが、なにぶん時間が足りなくて、後手後手に回る可能性が高い。だから彼の――絢斗さんの提案に乗ろうと思っているよ。今後のプランも提示してもらった。買収後も現状の業務にそこまで大きな影響はないだろうと考えている』

兄の言葉を聞いて、どこかホッとしている自分がいた。絢斗さんの言葉を信じてもいいいと、兄のお墨付きがもらえた気がして。

『だが婚約の件に関しては、別問題と考えている。わざわざ婚約しなくとも買収は進められる。恵真は自由にしていいんだ』

兄や両親は私を縛り付けないように、気を遣ってくれているのだろう。

私だって絢斗さんを縛り付けたくはない。もしも買収の条件に婚約が不要だと提案したなら、絢斗さんはどんな反応をするだろう。

「わかった。絢斗さんと相談してみる」

私と絢斗さんの関係は、たぶん歪だ。今でこそ恋人のような体裁を保っているけれど、その実、利害が複雑に絡み合っていて、普通の恋愛とは言えない。でも――。

「もしもね。それでも絢斗さんが結婚したいと言ってくれるなら」

絢斗さんが、私でいいと――私を愛していると言ってくれたなら。

私は彼と一緒にいたい。

『それは、恵真も結婚してもいいって思ってるってこと？』

「……うん」

『なら、いいんだ』

兄も安心したような声を出す。なんとなく照れくさくなって、短く挨拶を済ませると、私は通話を切った。

……絢斗さんに、なんて切り出そう……。

相談の仕方を考えているうちに、夜が更けてしまった。


一週間後、お互い仕事のあとに時間を作り食事をした。

気軽なお店でと誘ったのに、彼は「落ち着ける個室で君とゆっくり料理を楽しみたいから」と言って、高級な広東料理の店を予約してくれた。フカヒレやアワビなど、豪華な食材がわんさか出てくる。

「相変わらずいい顔して食べるよね」

フカヒレの姿煮に破顔する私を見て、絢斗さんはひと言。

私はひとつ咳ばらいをして姿勢を正した。今日は真面目な話があってきたのだ。

「絢斗さん。結婚についてなのですが――」

兄との会話内容を伝えると、ふたつ返事で返された。

「もちろん、結婚しよう」

悩みに悩んで相談したのに。あっさりと結論を出されて、私は拍子抜けする。

「あの……兄は、買収と結婚は別に考えてもいいって」

「お兄さんから返事はもらっているよ。その件は順調に進んでいる。それとは別にしても、俺は恵真と結婚したいと思ってる」

さらりと言い切られ、どうして？　と目を丸くした。彼だったら、もっと素敵な女性がたくさんいるだろうに、なぜ私に固執するのだろう。

「恵真は俺と結婚したくない？」

「そうじゃないです。でも……」

一瞬目を逸らしかけたが、もう一度向き直って本音をぶつける。

「大事なことだからこそ、妥協はやめてほしいんです」

熱のこもった言葉に絢斗さんは驚いた顔をする。しかし、すっと眼差しを鋭くすると、見たこともないくらい真剣な表情で私を見つめた。

「妥協ではない。本気で君と結婚したいと思っている」

感情を押し殺すような声色。疑ったことで機嫌を損ねてしまっただろうか。

「莫大な金や利権が絡んでいるから、俺を警戒するのもわかる。君を安心させられないのは俺の力不足だ」

「責めているわけでは――」

「信じられないなら、信じてくれなくてもかまわない。その代わり、俺は別のやり方で君に結婚を申し込む」

「別のやり方……？」

絢斗さんは静かに息をつくと、冷ややかな目で私を見据えた。

「恵真が結婚してくれないのなら、俺は買収に合意しない」

「えっ！」

なぜ急にそんな条件を？　まるで自らの自由を奪っているかのようだ。

「君は俺に買われてくれ」

「絢斗さん、どうして？」

「今は、政略結婚でかまわない。どんなに愛していると証明したところで、疑いは残るのだろうから」

そうあきらめたように口にすると、困惑する私を見て「でもね」と目元を緩めた。

「一年後、十年後、死ぬ間際でもいい。君がこの結婚をしてよかったと思ってくれたなら、俺の勝ちだ。必ずそう思わせる」

彼の言葉から、愛情を越えた強い意志を感じた。必ず恵真を幸せにする、信じてくれなくていい。愛してくれなくてもかまわない。

ただ一方的な、愛よりももっと深い献身を感じて。

「どうしてそこまで……」

「恵真さえ守れるならそれでいい」

絢斗さんは無表情で目を閉じる。

私を縛り付けているようで、そうじゃない。これは彼の優しさだ。

私がイエスと言えるよう、他の選択肢をすべて消してくれたのだろう。これ以上迷い、不安にならないように。

絢斗さんのことを信じたい、そばにいたいと願う本心を読み取って、あえて横暴な言い方をしたのだ。

「……私、絢斗さんに買われます」

「ああ。それでかまわない」

絢斗さんは綺麗な笑みを作ると「食事を続けよう」と話題を終わらせた。

私たちの関係は、愛を確かめ合う前に逆戻りしたかのようだ。

でも、口で愛しているなんて言われるよりも、よっぽど絢斗さんの想いを感じる。

強引なやり方が私への誠実さに感じられて、疑うことはあきらめて彼についていこうと心を決めることができた。

第六章　揺さぶられて、揺れて

絢斗さんとの結婚を決意して、一カ月が経とうとしている。

天花寺製薬の買収の件は、不思議と進展がない。もしかしたら、私たちの動きに気づいて武藤薬品工業もあきらめたのではないかと兄が話していた。

兄を含む天花寺製薬の経営陣は、絢斗さんと今後について調整しているそうだ。敵対的買収の脅威が去ったなら、提携に近い形で合意できるかもしれない。


「天花寺さん、なんだかちょっと変わったね」

同僚からそんなふうに声をかけられたのは、店舗のストックルームで在庫をチェックしているときだった。

私が勤めるアパレル企業『アンナリーザジャパン』は、海外ブランドの輸入、販売を手掛けている。

その中でも私が担当するのは、イタリアのファッションブランド『ファルファッラ・ネーラ』。黒蝶のロゴがトレードマークの、シックでエレガントなラグジュアリーブランドである。

「そうかしら？」

突然そんなことを言い出した同僚の狩野《かのう》さんにきょとんと目を向けると「その顔〜」と指をさされて笑われてしまった。

「雰囲気が柔らかくなったっていうか」

「雰囲気……？」

「笑顔も前は鉄壁で、美人すぎて息が詰まる感じだったんだけど、今はちょっと隙があって、和むなあって」

「和む……？　隙……？」

もしかして変な顔をしていたのだろうかと、焦って頬に手を当てたけれど「いい意味だよ」とフォローされた。

「そのジャケットのインナーも、いつもなら青とか緑とか、寒色系じゃない？」

店舗に立つときは支給されたブラックのジャケットとパンツを着るのだが、インナーは自社ブランドであればなにを着てもかまわないと決まっている。

今日選んだのは淡いピンクとパープルがマーブル模様になっているカットソー。ジャケットの下の胸元から華やかなカラーがちらりと覗いている。

「これは……そうかも。気分転換にと思って」

「天花寺さんは青で来ると思ってたから、ちょっぴり被っちゃった」

狩野さんのインナーを見てハッとする。若干色味は違うものの、トーンの近いマカロンピンク。

店舗に立つときは服が被らないように、社員同士で示し合わせるのだけれど、狩野さんはビタミンカラーを着ることが多いから、淡い色なら被らないだろうと勝手に決めつけていた。

しかし、ちょうど彼女もイメチェンデーだったらしく、見事に被っている。

「ごめん、ひと声かけるべきだった！」

「こっちこそ。でも、天花寺さんがまさかのピンクで来るとは思わなかったな～」

狩野さんはくすくす笑って売り場に戻っていく。

私、変わったのかな？

だとするなら、確実に絢斗さんの影響だ。彼と一緒にいて、たくさん怒ったり笑ったりしていたら、世界が明るく見えてきた。ピンクでも着てみようかな？　なんてつい手が伸びて、社販で買い足してしまったのだ。

「私、もしかして浮かれてる……？」

恋をして頭にピンク色のお花が咲いているのかもしれない。慌てて気を引き締めて、在庫のチェックに戻った。

閉店作業を終えた私は、接客用の制服を脱ぎ、私服のジャケットに着替えた。

スーツを脱いで別のスーツに着替えるのは妙な感じだけれど、制服で電車に乗るわけにもいかないので仕方がない。

ちなみに、通勤服はブランドイメージを損なわない格好であれば他社製品を着てもいいと決まっている。

とはいえ、明らかにライバルブランドだとわかるものは使えないので、バッグは自社製品。接客中も使っていたインナーに、スーツとパンプスはノーブランドのものを合わせている。

店を出て駅へと続く大通りを歩いていると、突然路肩に停まっていた車がクラクションを鳴らした。

驚いて振り向くと、停まっていたのは真っ黒な高級車。私が歩調を緩めた瞬間に後部座席のドアが開いて、意外な人物が姿を現す。

——榊弦哉……！

彼は不遜な笑みを浮かべ車から降りると、私のもとへ一直線に歩いてきた。

「久しぶりだな、天花寺恵真。お前が来ないから、わざわざ出向いてやったぞ」

まさか待ち伏せされていたのだろうか。ぎゅっと唇を引き結び、警戒心を悟られないように一礼する。

「お久しぶりです。榊さん」

「弦哉と呼んでくれてかまわない。弟と紛らわしいだろう」

絢斗さんのことを口にされ、ひやりと背筋が凍った。

この人は、私と絢斗さんの関係をどこまで知っているのだろう。天花寺家と絢斗さんが協力して、武藤薬品工業に対抗しようとしていることも知っている？

「あいにく、立ち話は嫌いだ。ついてこい。ディナーくらいは振る舞ってやる」

彼は一方的に指示すると、車に乗れとばかりに後部座席の脇に立った。

「……せっかくのお誘いですが、予定がありますので」

恐ろしくて車には乗れない。どこに連れていかれるかもわからないのだから。

私が丁重に断ると、彼は腕を組んでこちらを物色するように見下ろした。

「お前の返答によっては、天花寺製薬から完全に手を引いてやらないこともない」

ぴくりと肩が震える。

私の反応が気に入ったのか、彼は挑発的に顎を反らす。

「このままいけば、天花寺製薬は滅びの道しかない。俺に蹂躙されるか、弟にいいように使われるかだ」

まるで絢斗さんまで悪人であるような口ぶりに、黙ってはいられなかった。

「そんなことはありません。絢斗さんは、私たちを使おうだなんて――」

「弟が俺と同じでないと、なぜ言い切れる？」

ドキリとして胸がざわつく。

私は絢斗さんを信じている。でも、出会ってまだ二カ月も経っていないのに、彼のことをどれだけ理解していると言えるだろう。

「本当は俺と結託して、天花寺製薬を手中に収めようとしているかもしれないぞ」

「……そんなことはありません。それが事実であるなら、あなたが私に揺さぶりをかける必要がないじゃありませんか」

「弟が善人である証明にはならんだろう。兄弟仲が悪いことは認める。だが、あいつは俺を陥れるためならどんなことでもする悪魔のような男だ」

決して兄を兄と呼ばない絢斗さん。弟を悪魔と呼ぶ弦哉さん。ふたりの間になにがあったというのだろう。

「来い。あの男の本性を見せてやる」

「……私は、絢斗さんを信じています。あなたとともには行きません」

「自分の家族を絢斗に売ることになったとしても、か？」

すっと血の気が引き、嫌な予感を覚える。まさかという思いと、挑発に乗ってはならないという警戒心が頭の中で反発している。

「どういう意味ですか」

「それを説明してやるからさっさと来い。立ち話は嫌いだと言っただろう。お前が来ないなら俺は帰る」

彼はそう言って、後部座席に乗り込もうとする。

「――待ってください！」

私は慌てて呼び止めた。彼はゆっくりと振り向き、そら寒い笑みを浮かべる。

「乗れ。乱暴はしないと約束してやる」

話をする、ただそれだけなら。さすがに横暴なこの男も、突然危害を加えてくることはないだろう。

ごくりと息を呑んで決意を固め、車の後部座席に乗り込む。次いで乗り込んだ弦哉さんは、運転手に向かって「さっさと出せ」と横暴に命じた。

車が走り始めてしばらくすると――。

「どうにかしろ！　時間の無駄だ」

弦哉さんは胸の前で腕を組み、人差し指をとんとん叩きながら運転手を怒鳴りつけた。なにに苛立っているかというと、週末恒例の渋滞にはまってしまったのだ。

「も、申し訳ありません、すぐに別のルートを探しますので……」

運転手は慌てて脇道を探すけれど、回避できるルートなんて都合よく見つからない。あったらみんな使っている。

運転手を不憫に思った私は、これ以上、八つ当たりされないように、弦哉さんの意識を逸らすことにした。

「弦哉さん。私たちはどこに向かっているんでしょうか」

彼は鬱陶しそうにこちらを睨むと、わずかに冷静になって答えた。

「ディナーと言っただろう。先日、お前と絢斗がスイートを使った、あのホテルだ」

ぎくりとして身をすくめる。私が弦哉さんの誘いを断って絢斗さんと一緒にいたことに気づいているのだろうか。

「あのホテルは榊家が懇意にしている。なにかあれば優先的にスイートを使えるよう取り計らってもらっているんだが、絢斗がお前をあそこに連れていくとはな。よほど俺から奪いたかったらしい」

腹立たしげに言って、弦哉さんは窓の外に目をやる。

「絢斗はよくあの部屋を使って女を口説いている。見てわかる通り、色男だからな。金も女も湯水のように使って捨てるんだ」

「嘘よ、絢斗さんはそんなこと――」

「お前に絢斗のなにがわかる？　自分は大切にされているとでも言いたいのか？」

ぐっと押し黙る。確かに私は絢斗さんと知り合ってまだ日が浅いけれど、彼の誠実さはわかっているつもりだ。私への態度に嘘があるとは思えない。

「女は使われた金の分だけ自分を特別な存在だと思い込む。お前はいくらつぎ込んでもらった？　車のひとつでも買ってもらえたか？」

「そんなんじゃありません」

「まあ、お前の場合は天花寺製薬を手に入れるための切り札だからな。嫌でも丁重に扱うだろう――これを見ろ」

弦哉さんは脇に置いてあったバッグからブラックのファイルを抜き取り、私に差し出した。中には会社名がずらりと並んでいる。

「これは？」

「絢斗が買収した企業のリストだ」

「……！」

こんなにたくさん？　と私は目を疑う。

「我が弟はとても優秀だ。買収、吸収合併を繰り返し、榊グループをどんどん大きくしてくれている。その陰で泣いている人間がいることは否定せんがな」

唖然としていると、弦哉さんは私の手元からファイルを抜き取って、もとの位置に戻した。

「榊グループが多くの会社を取り込んでいるのは周知の事実だ。疑うなら企業情報でも検索してみるといい。さあ、着いた」

車がホテルの玄関に停まる。弦哉さんは私を待たずにさっさと降り、ホテルの中に入っていく。

「ついてこい」

乱暴に命じてエレベーターに乗り込む。私は急ぎ足で彼のあとを追いかけた。

「俺は絢斗のような上っ面だけのエスコートはしないし、女に媚びを売るつもりもない。女は一方的に守られるのではなく、きちんと両の足で立って歩くべきだ」

「それは……そうかもしれませんが」

彼は彼で信念があるようだ。最後のひと言には賛同できる気もするけれど。

……それは、優しさの問題じゃないかしら。

絢斗さんのエスコートは女性に媚びているわけではないだろう。

大切にしたいと思うからこそ、自然と手を差し伸べてしまう——そんな思いやりを私は悪だとは思わない。

辿り着いた先は高級なフレンチレストラン。一階は吹き抜けになっていて、その周りを取り囲むように二階席が設置されている。

私たちが案内されたのは二階席。一階中央には流水のオブジェがあり、少し離れたところにはグランドピアノ。合間に座席がぽつぽつと配置されている。

すでにオーダーが通っているらしく、すぐに前菜とシャンパンが運ばれてきた。弦哉さんは乾杯もせず、マイペースにシャンパンを嗜む。

「それで、お話というのは」

私が切り出すと、彼はグラスをテーブルに置き、ふてぶてしくふんぞり返った。

「シンプルな話だ。絢斗は天花寺製薬が所有する医薬品の特許を狙っている。どんな条件で買収を持ちかけられたかは知らないが、いざ蓋を開けてみれば主導権はすべて絢斗にあり、自分たちの一存ではなにもできない、なんてことになっているかもな」

きゅっと膝の上の手を握る。シャンパンを飲む気分にはなれず、ミネラルウォーターのグラスを口に運んだ。

「同じように武藤薬品工業も天花寺製薬を狙っている。だが、俺がやめてほしいと言えば計画を引き下げてくれるだろう。あそこの経営陣とは親しいんだ」

わざとらしいことを言う。弦哉さんが買収を指示しているのではないのか。

いずれにせよ、親切で計画を引き下げてくれるわけはない。彼はなにを企んでいるのだろう？

「見返りは？」

「俺と結婚しろ」

「はい……？」

思わず変な声が漏れた。

私と結婚……!?　彼は家庭など興味がないのではなかったのか。

「なぜって顔だな？」

弦哉さんが口の端を跳ね上げ、愉しそうにシャンパンの入ったグラスを弄ぶ。

「お前は見目がいい。気骨もある。見初めてやったんだ、光栄だろう？　恋に落ちたなんて、甘い台詞を囁いてやるつもりはないがな」

彼がシャンパンを飲み干すと、すかさずソムリエがやってきて次の一杯を注ぐ。

私は茫然としながらも、彼の言葉を頭の中で繰り返し、咀嚼しようとした。

私を見初めた？　見た目がいいから？　気骨——っていうか、生意気だから？

しかし、弦哉さんと一緒になったところで、幸せな未来なんて描ける気がしない。

「せっかくのお誘いですが、私は——」

「まあ、そう焦るな。今日のメインディッシュはこれじゃない」

そう言って、弦哉さんは吹き抜けの下、一階に目を落とした。

四人がけの席に、一組の男女がスタッフに案内されてやってくる。

その姿に見覚えがあり、私は思わず椅子から腰を浮かせ身を乗り出した。

「あれは——」

「来たか」

おそらく私と同じくらいの歳の、上品なラベンダー色のドレスを身に纏った女性。

そしてその連れ合いの男性は、艶やかな黒髪にブラックの上質なスーツを纏っており、遠目でもわかるほど品のいい美貌を持ち合わせていた。

「絢斗……さん？」

「言っただろう？　あの男は、色男だと」

絢斗さんは女性と向かい合わせに座り、スタッフにオーダーを済ませる。なにを話しているのかまでは聞こえないけれど、ふたりの和やかな空気は伝わってきた。

「今日も女をスイートに誘い込むのだろう。我が弟ながら嘆かわしい」

「……っ」

弦哉さんが挑発しようとしているのはわかる。でも、絢斗さんが女性とふたりきりで食事をしているのも事実で、疑念が頭をよぎる。

「……お仕事かも」

「あっはっは！　仕事か」

弦哉さんが大きな声で笑う。こちらに顔を寄せ、小馬鹿にするように私を睨んだ。

「週末に、ホテルで、ドレスアップして仕事か。お前は絢斗に甘いな。アレがつけ上がるわけだ」

くつくつと肩を震わせる弦哉さんに苛立ちを感じ、同時に、目の前に突きつけられた光景に動揺する。

絢斗さんは本当に、私に求婚してくれたにもかかわらず、別の女性と遊んでいるの？

「なんなら、電話で確かめてみてはどうだ？　今、なにをしていますかと」

「電話……」

「やましいことがなければ、納得のいく説明をくれるだろう。濁されたなら、浮気されている証拠だ」

荷物置きにあるバッグをちらりと覗き、逡巡する。絢斗さんを試すようなことはしたくない。でも――。

「お前がしないなら、俺がしてやろうか。聞こえるようにスピーカーにしてやる」

彼が胸元からスマホを出そうとしたので、私は「いいです！」と慌てて答えた。

「私が、自分で電話します……」

そう宣言してバッグからスマホを取り出す。彼の名前をタップして、おそるおそる耳に当て、電話を取ってもらえるのを待つ。

コール音が三回ほど鳴ったあと、一階にいた絢斗さんに動きがあった。女性に断りを入れて席を立ち、フロアを出ていく。

八コール目でようやく彼が『もしもし、恵真？』と応答した。

「……絢斗さん、急に、ごめんなさい」

『いや。君から電話なんて珍しいね。なにかあった？』

「あの、今、話せますか？」

尋ねてみると、わずかに間があったあと返事がきた。

『すまない。今、仕事中なんだ。あとで折り返してもかまわない？』

どくん、と鼓動が大きく鳴る。

「……今、会社ですか？」

おずおずと尋ねると、なにかに気づいたのか、絢斗さんの声のトーンが変わった。

『君こそ、今どこにいるの？　周りが騒がしいようだけれど、家じゃないよね？』

なにも答えられずにいる私を不審に思ったらしく、深刻な声が返ってくる。

『恵真。もしかして、なにかあった？』

そのとき。一階にあるグランドピアノが柔らかな音色を奏で始めた。ピアノ奏者による生演奏が始まったのだ。

『恵真⁉　そこにいるのか？』

受話口から同じピアノの音色が聞こえたのか、絢斗さんが声を張り上げる。

困惑していると、弦哉さんが私のスマホを奪い取り、強引に通話を切断した。急ぎスタッフを掴まえて「裏口から客室へ案内しろ。食事を運んでくれ」と指示する。

「来い。懇意の店で修羅場など見たくはない。お前も絢斗に見つかりたくはないだろう？」

弦哉さんについていくのは不本意だけれど、このまま絢斗さんと顔を合わせるのも気まずい。

「……わかりました」

仕方なく私は弦哉さんのあとに続き、店の裏口を出た。


案内されたのは同ホテル内の『デラックススイート』という客室。先日、絢斗さんと泊まった『インペリアルスイート』のワンランク下の部屋だそうだ。

スタッフにお願いして部屋まで食事を運んでもらった。夜景の見えるリビングで、弦哉さんとテーブルに向かい合って座る。

「そうむくれるな。俺もお前に敬意を払ってスイートを取ってやった。すまないが上の階のスイートはすでに絢斗が予約済みだ」

きゅっと唇を引き結ぶ。絢斗さんがこれから、あの女性と一緒にスイートに泊まると言いたいのだろう。

前菜を前にしても手をつけない私を見て、弦哉さんが冷ややかに告げる。

「食事とシェフに罪はない」

それはごもっともだ。

「……いただきます」

色とりどりに飾り立てられた前菜を口に運ぶ。おいしいような気はするけれど、食欲がないせいかあまりよく味覚が働かない。

黙々と食事を続ける私を見かねて、弦哉さんが切り出した。

「パーティーの翌日、俺は絢斗に、お前を妻に迎えたいと話した」

突然の告白に私は目を丸くする。パーティーの翌日といったら、私が絢斗さんから求婚されるよりも前だ。

「絢斗がお前を懐柔しようとしたのはそのあとなのだろう？　あれは俺に恨みを晴らしたいだけだ。お前を利用して、復讐を遂げようとしている。お前のことなど、絢斗はこれっぽっちも考えていないんだ」

ナイフとフォークを持つ手が止まる。絢斗さんが弦哉さんを異常なまでに嫌悪していることは知っている。

絢斗さんは、私のことを愛しているわけではなく、お兄さんに嫌がらせをしたかっただけなの？　だから、お兄さんが目をつけた私を、横から奪おうとした？

「あなたは、お姉さんになにをしたんですか？」

尋ねると、弦哉さんが目元をぴくりと震わせた。カチャンと小さな音を立て、ナイフを置く。

「姉は俺にとって越えなければならない壁だった。幼い頃から出来を比較され続けてきたからな。どちらの成績がいいだの、どちらの学歴が高いだの、どちらの生まれが早いだの、と」

「……生まれ？」

出生順など、生まれた瞬間に決まっている。競い合うようなものではないのに、どうしてそんなことを気にするのだろう。

「最後のひとつは負け戦だ。生まれた瞬間に、姉は榊家の当主となることが決まっていた。俺がどんなに越えようとあがいても、無駄だった」

榊家は、お姉さんが継ぐはずだった？

だが、現在榊家の次期当主と呼ばれ、財界の王と名高いのは弦哉さんだ。

「では、どうして——」

尋ねようとしたとき、弦哉さんが口の端を跳ね上げ、歪な笑みを浮かべた。直感的に恐怖を感じ、口を噤む。

「だから、失脚させたのだ」

「失脚……？」

どうして、どうやって、質問はたくさんあったけれど、なんとなく聞いてはいけない気がした。いや、聞いたところで答えてはくれないだろう。

ひとつだけわかったことは、弦哉さんはなんらかの方法で、お姉さんの地位を奪い取ったということ。

そしてそれを、絢斗さんはひどく恨んでいる。


食事を終えると、ソファに座るよう指示された。弦哉さんはワインセラーから上質そうなワインを一本抜き取り、栓を開ける。

「わかっただろう、絢斗がどれほど危険で狡猾な男か。恵真、お前は騙されている」

そう言って私にグラスを渡すと、ボトルからボルドーの液体を注ぎ込む。

「あれに取り入るより、俺を頼った方がはるかに信用に足ると思わないか」

弦哉さんの腕が私の肩に回ってくる。強く引き寄せられ、危うくワインがこぼれるところだった。

「そういうことはしないって――」

「乱暴はしてないだろう。きちんと順序立ててお前を誘っている」

ひとのグラスにワインを注いだくせに、ひと口も与えずグラスを取り上げテーブルにおいて、早速私の体をソファに倒そうとする。

身の危険を感じ、私は彼を押しのけようとした。

「やめてください。絢斗さんのことと、あなたとどうこうすることは別物です。私は愛していない人とこういうことは――」

「なら、必死になって愛せ。お前の実家が生き残るには、俺を受け入れるしかない」

強引に顎を掴まれて、唇の近くまで持っていかれる。やはり彼についてきたのは失敗だったと今さら後悔する。

「やめてください……！」

必死にもがいていると、彼の懐に入っていたスマホが音を立てて鳴り出した。

「あの、着信が来てますけど」

「放っておけ」

しばらくするとバイブ音が止まる。しかし、再び鳴動し始めたスマホに、弦哉さんは「ちっ」と舌打ちした。

「……待っていろ」

弦哉さんは私を残してソファから立ち上がると、胸元のスマホを取り出した。

「くそ、絢斗か」

着信相手は絢斗さんだったらしい。部屋の隅に向かうと、私に背を向けて「俺だ」と応答した。

「――なんのことだ？　知らないな。それより、お前の方は楽しんでいるか？」

からかうようにくつくつと笑みをこぼす弦哉さん。電話に集中しているせいで、私には注意が向いていない。

ふと、逃げ出すなら今なのではないかと思いついた。

バッグはソファの上。掴んでドアまで走れば、この部屋から抜け出せるのでは？

瞬間的に様々な葛藤が頭をよぎる。弦哉さんに失礼なことをして許されるのか、実家はどうなるのか、絢斗さんにはもう頼れないかもしれないのに、この場から逃げ出して大丈夫か――。

しかし、このまま大人しく弦哉さんに抱かれるという選択肢はない。

覚悟を決めてソファの上のバッグを掴むと、音を立てないように歩いた。

リビングを出て廊下まで来たところで走り出す。ヒールの音がかつかつと鳴り、気づいた弦哉さんが「おい！」と声を上げて追いかけてきた。

出口はすぐそこ。私は急いで手を伸ばし、ドアノブを掴んだ。

＊＊＊

「わざわざご足労いただきありがとうございます」

ここは榊家が懇意にしているホテルに併設されている高級フレンチレストラン。兄、弦哉に引っかき回され、こうして縁談相手と対面で食事をしなければならなくなった。

「誘っていただけて光栄ですわ」

正面の席で気をよくしているのは、財務官僚の娘の金城府美果《かねしろふみか》、二十六歳。ラベンダー色のドレスを纏い、豪奢なダイヤのネックレスにパールのピアス、指には色とりどりの宝石がついたリングをはめている。

府美果さんのことは、パートナーに申し分ないと父が気に入っている。俺はまったく彼女に興味がなく、一度断りを入れたのだが、弦哉が話を蒸し返してしまった。

弦哉は府美果さんに『弟が縁談について考え直した』とでも調子のいいことを吹き込んだようだ。彼女はすっかり乗り気になっている。

これから前向きな彼女に破談の申し入れをしなければならない――せめて豪華な食

事で機嫌をよくしてくれればいいのだが、そううまくはいかないだろう。

「メニューはシェフにお任せしてよろしいですか？　なにか食べられないものは？」

「いえ、大丈夫です。お任せします」

近くのスタッフに目で合図を送り、オーダーとワインのチョイスを済ませる。

「絢斗さんとお会いするのは一年ぶりですね。いかがお過ごしでしたか？」

尋ねられ、失礼のないようににっこりと微笑み返した。

「仕事ばかりしておりました――と、失礼」

胸ポケットの携帯端末が震え出したことに気づき、ディスプレイを確認する。

恵真からだ。秘書からの電話なら後回しにしたかもしれないが、彼女からの電話を無視するつもりはなかった。

「……すみません、少々よろしいでしょうか？」

彼女は若干表情を引きつらせたが、どうぞと了承してくれた。俺は一度店を出て、静かな場所で着信に応じる。

「もしもし、恵真？」

『……絢斗さん、急に、ごめんなさい』

彼女から電話が来るのは珍しい。よほど急ぎの用事でもない限りは、メッセージアプリで済ませるはずだから。

「いや。君から電話なんて珍しいね。なにかあった?」

『あの、今、話せますか?』

そう尋ねられ逡巡する。緊急の話でないのなら、あとでゆっくりと彼女のために時間を取りたいものだが――。

『すまない。今、仕事中なんだ。あとで折り返してもかまわない?』

「……今、会社ですか?」

その質問に、ふと疑問が湧いた。彼女の方こそどこにいるのだろう。やけに周囲が騒がしいが、外出中だろうか。

出先から電話をする、その意図に違和感を覚え、なにかイレギュラーな事態なのではないかと推測する。

「……君こそ、今どこにいるの? 周りが騒がしいようだけれど、家じゃないよね?」

彼女が沈黙する。弦哉が勝手にセッティングした会食、タイミングよくかかってきた電話、まさかという考えが頭をよぎる。

「恵真。もしかして、なにかあった?」

そのとき。受話口の奥からピアノの演奏が聞こえてきた。同時に、レストランの方からもまったく同じ音色が響いてくる。

「恵真!? そこにいるのか?」

尋ねた瞬間、通話が切れる。かけ直すも、電源が切られたようで繋がらない。

俺は早足でレストランに戻り、周囲を見回した。

俺に気づかれずこちらを目視していたとすれば十中八九、二階席だろう。

恵真の姿は見えない。だが、週末で満席のレストランに不自然な空席がひとつ。

あそこか、と店内の階段を上ろうとするが、背後から「絢斗さん?」と声をかけられ足を止めた。

府美果さんが不思議そうな目でこちらを見つめている。

まずは彼女をどうにかするのが先だと、席へ戻った。

「府美果さん、申し訳ありません。急ぎの用事ができました」

「え!?」

彼女は明らかに表情を歪め、不満そうな顔で俺を見つめている。

「……あなたに謝罪しなければなりません。私は今日、縁談を進めるためにお誘いしたわけではないんです」

府美果さんの顔からすっと血の気が引く。

「縁談を断りにまいりました。心に決めた女性がいるんです。この無礼は、必ずなんらかの形でお詫びさせていただきます」

青かった彼女の顔色が、瞬く間に赤く変化した。瞬間湯沸かし器のごとく、「冗談じゃないわ！」と激高する。

「そんな勝手なこと許されると思っているの!? 私たちの結婚はパパが決めたのよ！社長だか資産家だか知らないけれど、あなたに断る権利なんてないわ！」

立ち上がり、こちらに指を突きつけて叫ぶ。想像以上にヒステリックなお嬢様だ。

俺は淡々と「申し訳ありません」と謝罪した。

「許さないわ、パパに言いつけてやる！　あなたの家なんて簡単に潰せるんだから」

気を動転させている彼女に、俺は「かまいません」と答える。

「お好きに報告なさってください。私は責任を取る覚悟でここにいます」

彼女の父親には詫びとして有益なコネクションを用意した。この縁談がなくなっても、禍根を残すことのないように。

それに、彼女は盲目的に父親の権力を信じているようだが、榊家を潰すまでの力はない。

わざわざ結婚などして彼女の父親を頼った縁を作らずとも、社会的影響力を考えるなら、俺自身が持つ伝手を使う方がよほど有力だ。

彼女は我慢が限界に達したのか、右手を大きく振り上げた。

平手打ちがくる、そう予感しながらも俺は身動きせず、自ら頬を差し出す。ビンタひとつでこの事態を清算できるなら安いものだ。

パァン！と軽快な音がして、周囲の客たちがざわめきたった。

彼女は肩で息をしながら、動揺と怒りの混じった目で俺をじっと睨んでいる。しかし、周囲の視線に気づくと、ハッとして身を縮こませた。

俺はすかさず近くのスタッフを呼び止め、彼女を榊家のハイヤーまで送るよう頼む。ここにひとりにしておくわけにもいかない。

「申し訳ありませんでした。失礼いたします」

スタッフに府美果さんを任せ一礼すると、恵真がいたであろう二階の空席へと向かう。なに食わぬ顔で付近を歩き、スタッフの会話に聞き耳を立てる。

「残りのものは客室に運んで、食事は作り直させるようシェフに指示を――」

どうやら客室に料理を運び込ませたらしい。作り直しまで指示しているところを見ても、おそらくここにいたのは弦哉と恵真だろう。

俺は携帯端末を取り出し、このホテルのオーナーに電話をした。

『鏑木《かぶらぎ》です。絢斗様、いかがなされましたか？』

「失礼。兄がチェックインを済ませているか、確認できますか？　いやあ、兄と待ち合わせをしていたのですが、連絡が取れなくて困っていて」

からからと笑いながら調子のいい振りをして探りを入れてみると、『申し訳ございません――』という丁寧な断りの文句が来た。

『実のご兄弟といえど宿泊状況をお話しするわけにはまいりませんので……』

弦哉から口止めされているのかもしれない。俺は質問を変える。

「ところで、本日はインペリアルスイートの予約は可能ですか？」

インペリアルスイートとはこのホテルに一室しかない最上級のスイートルームだ。

『はい可能です』

空室、つまり、そこに弦哉はいないということ。

俺が恵真を最高ランクの客室に泊めたことで、弦哉は対抗意識を燃やすだろうと考えていた。

なぜ同じインペリアルスイートを取らなかったのか疑問ではあるが、そこにいないとなれば、ひとつ下のランクの客室にはいるはずだ。

「では、デラックススイートをひと部屋。即入室できるよう手配してください」

『インペリアルスイートではなく、デラックススイートでよろしいですか？』

「ええ。紛らわしい言い方をしてすみませんでした」

俺は通話を終えると、フロントでチェックインを済ませ、デラックススイートのあるラグジュアリーフロアへ足を運んだ。

入口にセキュリティゲートがあり、宿泊者しか立ち入れない構造になっている。カードキーをかざしゲートを抜けると、ゆっくりと廊下を歩いた。

……このフロアのどこかに、恵真がいる。

弦哉のことだ、一番眺望のいい部屋を指定するだろう。都心の夜景が美しく、眺めが開けている方向——該当する部屋の前で俺は足を止める。

だが、部屋がわかったところで、入室することはできない。当然ながら全室オートロックである。恵真を助け出そうにも、中から開けてもらうしかない。

恵真に電話をかけてみると、取ってはもらえなかったが、呼び出し音が鳴ったことから電源は入っているのだとわかった。メッセージなら見てもらえるだろうか。

今度は仕事用の携帯端末をタップし、弦哉に電話をかける。

一度コールが切れる。あきらめずに二度、三度。いい加減うざったく感じられたのか、ようやく弦哉が『俺だ』と応答した。

「弦哉。そこに恵真はいるか？」

単刀直入に尋ねてみたが、弦哉は『なんのことだ？』としらばっくれる。

『それより、お前の方は楽しんでいるか？』

「縁談のことか？　ああ、おかげさまで、府美果さんがその気になって困っているよ」

『俺はお前の尻拭いをしてやっただけだ』

「そういえば弦哉、お前にも縁談が来ていただろう。政治家の娘だったか」

『丸太のような女だろう。冗談じゃない』

くだらない会話を引き延ばしながら、プライベート用の携帯端末で恵真にメッセージを送る。

【ドアを開けてくれ】

俺が弦哉の注意を引いているうちに、恵真がドアを開けてくれれば助け出せる。

しかし既読はつかない。気づかないのか、最悪の場合、弦哉に端末を奪われている可能性もある。

――恵真、どうか俺の意図に気づいてくれ！

会話をしているうちに、弦哉が違和感に気づいたようだ。普段、俺は弦哉に電話をかけない上に、世間話を持ちかけることなどあり得ない。

『絢斗、お前、なにか企んでいるな』

そのときだった。部屋のドアが開き、バッグを抱えた恵真が飛び出してきた。

受話口と部屋の奥から二重で『おい！』という弦哉の怒鳴り声が聞こえてくる。

「恵真！」

俺が腕を引くと、彼女は本当に驚いた顔で「ええ!?」と声を上げた。俺がここにいると予想していなかったのだろう。

「こっちだ！」

俺は恵真の体を抱きとめると、彼女とともに廊下を走り、予約した客室にカードキーを滑らせた。

部屋の中に恵真を押し込んで、自身も滑り込む。振り返ると、弦哉が少し離れたところから、こちらを睨んでいるのが見えた。

急いでドアを閉め、床にしゃがみ込んで茫然としている恵真を抱き寄せる。

「無事でよかった、恵真……」

「絢斗さん……どうして？　どうしてここに？」

メッセージを確認しておらず、俺が恵真を助け出そうとしていることにも気づかなかったようだ。

だが、気持ちが通じ合うかのごとく彼女は部屋のドアを開けてくれた。

「すごいな。俺たちは心がひとつみたいだ」

そのとき、ドアを外側からガン！　と強く叩かれた。いや、音のした位置からして蹴られたのだろう。「絢斗！」という怒号に恵真がびくりと肩を震わせる。

「どうしよう、絢斗さん……！」

「大丈夫だ。弦哉は手の出しようがない」

強く恵真を抱き寄せ、守るように自身の胸の中に押し込む。恵真は俺を抱き返しながら震えている。

やがて弦哉はあきらめたようで、ドアの外が静かになった。

「……行ったのかしら？」

「さすがに、懇意にしているホテルのドアを蹴り破るなんてしないだろう。それより、体は大丈夫か？」

恵真の体を少しだけ離し、全身をよく確かめる。どこも怪我はしていないようだし、服も乱れていないようだが。

「無事、です。その、ぎりぎりでしたけど。絢斗さんが弦哉さんに電話をしてくれたおかげで、逃げ出すことができて」

おずおずと切り出した彼女を強く抱き、ホッと息をつく。

「間に合ったみたいでよかった」

額にちゅっとキスを落とし、彼女の手を取り奥のリビングへと向かう。

どっと疲れてソファに深く腰を落とすと、彼女も隣に座って「はぁ～……」と深くため息をついた。

「スマホ、見てごらん」

俺の言葉に、恵真はバッグの中から携帯端末を取り出す。

「【ドアを開けてくれ】って……ごめんなさい、私、見ていなくて！」

「でも開けてくれた。俺の気持ちが伝わったみたいで嬉しかったよ」

「私はただ、逃げなくちゃって、必死で――」

ふと視線を上げた彼女は、俺の顔を見てなにかに気づいたらしく首を傾げる。眉をひそめて、ゆっくりと俺の左頬に手を伸ばした。

「なんだか腫れてませんか？」

「ああ。これ」

思わず苦笑する。府美果さんのビンタがここにきて効いてきたらしい。

「縁談を断ったら、叩かれた」

「まさか、あのときの女性――」

言いかけて、彼女はハッとして口元を押さえる。

「やっぱり見てたんだ？」

尋ねると、恵真は「ごめんなさい」と謝って頭を垂れた。

「その、絢斗さんが、女性とお食事をしているのを見て、私はてっきり……」

「弦哉が俺の縁談に口出ししてきてね。ご丁寧に食事までセッティングしてくれた。思惑は別のところにあったみたいだけれど」

「ごめんなさい、私のせいで叩かれてしまって」

「恵真以外の女性に嫌われてもかまわない」

不安がる彼女をそっと抱き寄せる。頭を撫でながら「それにしても」と苦笑した。

「弦哉はなにをケチっていたんだ？　最上階のインペリアルスイートに恵真を宿泊させないなんて」

「その部屋は絢斗さんが予約をしているとうかがって。その……先ほどの女性と」

弦哉の狙いがわかり「ああ」と納得する。俺が最上階に別の女性を連れ込んでいると恵真に吹き込みたかったらしい。

「インペリアルスイートは現在、空室だ。君以外をあの部屋に泊めたりしない。……浮気していると思った？」

からかうように尋ねると、恵真は目を真っ赤に充血させてうつむいた。笑えないほど本気で心配していたらしい。ごめんと小さく謝罪して、彼女の腕をさする。

「本当に恵真だけだ」

「疑ってごめんなさい」

彼女はしゅんとして謝罪した。怒ってなどいないけれど、せっかく謝ってくれるならとわがままな要求を突きつけてみる。

「俺のこと、好きって言ってくれたら許してあげる」

すると、恵真は俺の体にきゅっとしがみつき、ぽつりと漏らした。

「……絢斗さん。愛してます」

予想以上にかわいい反応がきて、頬が緩む。

「助けにきてくれて、嬉しかったです。ほっぺが腫れてても、格好いい、です」

もじもじしながら答える彼女に、思わずプッと吹き出した。口づけようと顎を押し上げたところで、彼女の目に涙が溜まっていることに気づき、胸が熱くなる。

「恵真も。泣いててもかわいい」

そっと唇を奪う。愛していると何度も囁いて、その繊細な体を貪った。

＊＊＊

明け方、私と絢斗さんはひっそりとホテルをあとにした。

この先、弦哉さんからの報復や嫌がらせが心配だと絢斗さんは気にしている。

「恵真。しばらくは俺が君の送り迎えをしようか」

「そこまでしてもらわなくても大丈夫ですよ」

「現に君は昨夜、弦哉に攫われたわけだけど覚えてる？」

痛いところを突かれ、私はぐっと押し黙った。

「あれは……その、揺さぶりをかけられて仕方なく。絢斗さんがいろんな会社を買収していると聞いたから」

買収した企業のリストを見せられたけれど、あれは事実なのだろうか。

ちらりと絢斗さんを覗き込むと、彼は困った顔で「買収と乗っ取りは違うよ」と答えた。

「世の中には素晴らしい技術と可能性を持っているにもかかわらず、うまく活かせず経営危機に陥っている会社が山のようにある。天花寺製薬のようにね。経営を指南して再建をサポートするのは、買収であると同時に救済でもある」

絢斗さんはただ儲けのためだけに買収を繰り返しているわけではない、相手の会社を考えた上での買収なのだ、そう気づき申し訳ない気持ちになる。

「よく知りもしないのに疑って、ごめんなさい……。でも、送り迎えは大丈夫です。ただでさえ絢斗さんはお忙しいのに、ご迷惑をかけるわけには――」

「それなら、護衛をつけようか」

「護衛!?」

大仰な響きに、私は目を丸くする。

「大丈夫ですよ。通勤経路もそこそこ人通りがありますし、向こうも公の場で無茶はしてこないと思いますから。なにかあればすぐに電話しますし」

いざとなったら悲鳴を上げて誰かに助けを求めればいい。弦哉さんだって警察沙汰にされたら困るはずだ。

「……君がそう望むなら。その代わり、なにかあったらすぐに連絡して」

絢斗さんはまだ心配そうな顔をしているけれど、無理強いはよくないと判断したのか、引き下がってくれた。

昨夜、私が弦哉さんについていったのは、絢斗さんに疑いを抱いてしまったからだ。

でも、もうそんなことはないから大丈夫。絢斗さんを信じる、そう決めた。

次に弦哉さんからなにを言われたとしても、私は決して揺るがないだろう。


しばらくは通勤時にスマホを握りしめ、いつでも絢斗さんに連絡をつけられるように警戒していた。

少々神経質になりすぎただろうか。心労が溜まっているらしく、最近は胃の調子が悪くてあまり食欲がない。そういえば生理も遅れ気味だ。

ストレスで体を壊しては元も子もないのだから、少しは気を緩めた方がいいだろう。

何事もなく一週間が過ぎ、私は仕事を終え、勤務先の最寄り駅から地下鉄に乗り込んだ。電車に揺られること二十五分、自宅の最寄り駅へ到着する。

自宅は郊外だが大通り沿いにあるため、人通りこそ少ないものの車通りは多く、なにより道が明るい。

こんな場所で危ない目に遭うわけがない、そう高を括っていたのだけれど——。

突然、路肩に停まっていた車の後部座席が開いた。飛び出してきた男の顔を見て血の気が引く。

「弦哉さん……！」

「今日こそは逃げないでもらおうか」

彼は私の腕を掴むと、すぐさま車に引きずり込もうした。

「やめてください！」

「やめて？　弟もこうしてお前をホテルの客室に連れ込んだわけだが。なにが違うと言うんだ？」

威圧的に見下ろされ、ぞっと恐怖が湧き上がってくる。

なんとか腕を振り払うと、震える体を抑え込み、毅然と振る舞った。

「絢斗さんは私を助けてくれたんです。あなたは、あることないこと吹き込んで私を騙そうとしたじゃありませんか」

「騙されたのはこちらの方だ。思わせぶりについてきたかと思えば、別の男に鞍替えするとは」

「思わせぶりだなんて――」

反論しようとするも、目で黙らされる。圧倒的な敵意に息が詰まった。

「男をバカにするのもいい加減にしろ」

にじり寄ってくる弦哉さんに、私は一歩、二歩と後ずさる。

早く絢斗さんに助けを求めなければ。でも、どうやって？　スマホは手元にあるけれど、操作しているうちにまた捕まってしまう。

「あのパーティーの日から、お前にはこけにされっぱなしだ」

車に連れ込まれれば、今度こそ逃げ道がない。私は意を決すると、弦哉さんに背を向けて走り出し、近くにあった歩道橋に駆け上がった。

相手は男、加えて私は高めのヒールを履いている。どんなに頑張って走っても追いつかれてしまうだろう。でも、歩道橋に上ってしまえば、簡単には引きずり下ろせない。時間稼ぎにはなる。

弦哉さんだって目立ちたくはないはずだ、派手に逃げ回ればあきらめてくれるだろう。階段を駆け上がりながら、同時にスマホの画面に指を滑らせ、絢斗さんの名前をタップする。

「絢斗に助けを求めるか。かまわん。意趣返しだ」

弦哉さんは陰湿な笑みを浮かべながら追いかけてくる。

「今度こそインペリアルスイートに案内しよう。部屋の中にさえ連れ込んでしまえば、あいつは手を出せない。さぞ歯がゆいだろうな」

「いや！」

階段を数段上ったところで左腕を掴まれた。左半身だけ後方に引っ張られ、バランスを崩す。

ヒールを踏み外し、足が地面から浮き上がって体が斜めに傾いた。

「あっ――」

落ちる、と思ったときにはすでに遅かった。

弦哉さんの体にぶつかり、ともに階段から転げ落ちそうになる。

しかし、彼の方は咄嗟に手すりに掴まり踏み留まった。反対に私は支えになるものを失い、真っ逆さまに落ちていく。

咄嗟に受け身を取った気もするけれど、一瞬の出来事だったので、ちゃんとできていたのかどうか。

全身にガンッ！　と激しい衝撃を覚える。

地面に強く体を打ち付け、痛いと感じる間もなく視界がどろっと闇に溶け落ちて、なにも見えなくなった。

……絢斗さん……。

ただ彼の笑顔だけが、走馬灯のように頭を駆け抜けた、気がした。

第七章　あなたは誰？

　倒れたまま動かない女を見つめて、面倒なことになったと俺は息をついた。

　選択肢がいくつか頭に浮かぶ。

　事故を装い救急車を呼ぶか、このまま放っておくか——女の額から溢れ出る血液を見て、放っておけば死ぬだろうと推測する。

　だが、万一生き延びた場合が厄介だ。俺に突き落とされた、あるいは救護活動を行わず放置されたと証言されれば、言い逃れるのは難しい。周辺には誰もいないようだが、確実に目撃者がゼロとも言い切れない。

　——付近に監視カメラは……ないな。

　頭上をざっと確認し安堵する。この女の口さえうまいこと塞いでおけば、大した問題にはならないと踏む。

　ふと足元を見ると、女の持っていた携帯端末から『恵真!?　恵真!?』と叫ぶ声が響いていた。絢斗に電話をかけた直後だったようだ。

　通話を切ると、端末の電源を落とし懐にしまう。

「弦哉様！」

運転手がハイヤーを降り飛んできた。この状況で名前を叫ばれたことに腹が立ち、やってきた運転手の襟元を掴まえて投げ倒す。

運転手は尻もちをつき、いったいどういうことかと茫然と俺を見上げた。

「名前を呼ぶな、この能なしが！　聞かれていたらどうする」

再び襟元を掴み上げ、声をひそめて叱りつける。運転手は理解したようで、こくこくと無言で頷いた。

「いいか、これは事故だ。俺が背後から呼びかけたら、女が勝手に落ちた。いいな？」

「は、はい！」

「わかったら救急車を呼べ。口裏を合わせろよ」

運転手は慌ててハイヤーに戻り、救急車を呼ぶ。

通行人が集まり始め、俺は仕方なく救護の振りをすることにした。胸元のポケットからハンカチを取り出し、出血箇所を押さえる。

やがて救急車が到着し、救急隊員がストレッチャーを運んできた。

女の頭部を固定し車内へ運ぶ。俺もなに食わぬ顔で同乗し、病院へ連絡を取る隊員に声をかけた。

「四葉記念病院《よつばきねんびょういん》に運んでくれ！　彼女の担当医師がいるんだ！」

ここから十五分程度車を走らせた先にある総合病院だ。あの病院なら融通が利く。

「ですが、ここから近い場所に救急病院があります。頭部に外傷もありますから急いだ方が。我々も管轄がありますし、勝手なことは――」

「彼女は持病がある。大きな声では言えないが、特定の病院でなければ手が施せない類の病なんだ！　頼む、疑うならここに電話して俺の名前を出してくれればいい」

俺が必死な振りを装うと、救急隊員は困惑しながらも了承した。

彼に四葉記念病院院長室直通の電話番号と俺の名刺を渡し、連絡を取らせる。

病院側は俺の意を酌み、救急車を誘導した。救急の窓口に着くと、懇意にしている院長が待機していた。

「榊さん。どうされましたか」

「知人が怪我をした。特別室に入れて治療に当たってくれ。検査結果はまず俺に報告しろ。意識が戻っても部屋から出すなよ。彼女を外部と接触させるな」

「承知いたしました」

「身内への連絡はまだしない。彼女の意識が戻り次第、俺を呼べ」

それだけ指示をすると、ハイヤーを病院へ回すよう指示した。車に乗り込んだ俺は、

「くそっ……」と悪態をついてシートに拳を叩きつける。

本当に面倒なことになった。絢斗も、あの女も、俺の手を煩わせるために息をしているかのようだ。

とくに腹立たしいのはあの女――金が欲しくて向こうから近づいてきたくせに、こちらの誘いに乗らず、絢斗にあっさりと懐柔されるとは。

今となっては、あの女自体に興味はない。絢斗が俺の手元から奪い取り愛でているというから、見せしめに手元に置こうとしているだけだ。

幸いなことに、女は見栄えがいい。俺の妻にでもしておけば、それなりの役割を果たすだろう。

「……生意気な弟め」

絢斗は天才的投資家だの先読みの魔術師だのと言われていい気になっているようだが、俺に対抗するつもりなら潰すまでだ。

五年前、自らの手を汚し、姉を榊家から追い出したときのように。

物心ついたときから、一番でなければ気の済まない性格だった。

だが、生まれた瞬間から当主になることが決まっていた姉には、どうあがいてもかなうはずがない。

加えて、姉は妙に聡く生意気な女だった。あれが一生自分の上にいることが許せず、公にはできない手段を使って土俵から引きずり下ろした。

榊家の当主になるためなら、なんだってするつもりだ。

「生ぬるいんだ、あいつらは」

俺に抵抗ひとつせず、すんなり玉座を明け渡した姉も、当主の座などいらないとすました顔で言う弟も。

知らしめてやろう。最後に頂点に立つのは、手を汚す覚悟のある人間なのだと。


連絡が来たのは、翌朝になってからだった。

『女性の意識が戻りました。が、少々問題が』

もったいぶった言い方をする院長に、苛立ちを感じながら「なんだ」と急かす。

『命に別状はありません。出血はありましたが、軽い外傷だけで、検査結果を見る限り、脳に異常も見られませんでした。ただ――』

院長が言いにくそうに言葉を続ける。それは思ってもみない朗報だった。

俺はにやりと口の端を跳ね上げる。どうやら、運は俺に味方したようだ。

すぐさま病院に車を走らせ、女の面会に向かう。

女が入院しているのは、一般病棟からは隔離された特別室。よく政治家や芸能人などがマスコミに嗅ぎつけられたくないときに使うＶＩＰルームだ。

院長を伴い病室のドアを開けると、頭に包帯を巻いた女がぼんやりと虚空を見つめていた。俺たちに気がつき、ゆっくりと顔をこちらに向ける。

「恵真。俺を覚えているか」

女は困惑した顔で俺をじっと見つめ、緩慢に首を傾げた。

「……ごめんなさい、よく……」

「昨夜の記憶は？」

女はしばらく視線をさ迷わせたあと、泣きそうな顔で塞ぎ込む。

横で傍観していた院長が「記憶障害でしょう」と声をかけてきた。

「幸い、自分のことは認知できています。言語や行動の障害も、今のところ見当たらない。はっきりしているのは、直近数カ月程度の記憶が欠落していることです」

心の奥底で笑みを浮かべた。こんなにも俺にとって都合のいい状況があるだろうか。

昨夜の事故の記憶はない。俺のことを知らないということは、絢斗の記憶もないはずだ。

「引き続き詳しく調べてくれ。家族への連絡は俺がする」

「それからもうひとつ、これは彼女にもまだ伝えてはいないのですが――」

院長は俺を部屋の外に連れ出すと、声をひそめて切り出した。

「先ほどの検査で、妊娠の可能性が出てきました。詳しく調べなければ断定はできませんが」

俺は驚いて目を見開く。まさか絢斗との子を妊娠していたとは。

女は記憶を失う前、妊娠を自覚していたのだろうか。絢斗に伝えてはいたか？　両親には？

ひとつプランを思いつき、にやりと笑みを浮かべる。

「わかり次第、連絡をくれ」

そう院長に指示すると、俺は再び病室へと足を踏み入れた。

女が「この人は誰なのだろう？」という顔で困ったように俺を見つめている。

「恵真。本当に、俺のことは覚えていないんだな？」

あらためて尋ねてみると、女は責められているとでも思ったのか、申し訳なさそうに「ごめんなさい……」と答えた。

「……お前が謝るようなことではない。事故だったのだから」

人あたりのいい顔を作り、ゆったりとした口調で話しかける。こんなにもスローペースで言葉を発したのはいつぶりだろうかと自嘲した。

「俺は君の恋人だ、恵真」

俺が丁寧に言い聞かせると、女は大きく目を見開いて沈黙した。


その日の午後、正式な検査結果が出た。

女の妊娠は間違いなく、子どもの大きさから見て、妊娠五週目程度だろうとのこと。

婦人科にかかった履歴はなく、本人は無自覚だったか、あるいは勘づいていたとしても確証はなかったようだ。

その日のうちに病院のカンファレンスルームを借りて女の家族を呼び出した。

院長の隣に俺がいることを女の家族は不審に思い、とくに俺と面識のある兄は納得できなかったようで、かみついてきた。

「失礼ですが弦哉さん、事故に居合わせたってどういうことですか」

「落ち着いてください」

見かねた院長が口を挟む。

「榊さんは誤って階段から落ちた天花寺さんの救護をしてくださいました。また、今も手厚い治療が受けられるよう、天花寺さんを特別室に入れてくださっています」

「そもそも、なぜ恵真とあなたが一緒に――」

「説明はきちんとさせていただきます。まずは院長から容体の説明を」

俺の言葉に、兄はしぶしぶといった様子で引き下がった。

院長がCT画像を持ち出し、現状、脳に異常がないことを説明する。

ただし、本人から話を聞いた限りでは、直近三カ月程度の記憶がなく、手の施しようもないため、自然に記憶が戻るのを待つしかないだろうと見解を述べた。

「加えて、恵真さんは妊娠しています。私の子です」

俺が院長の言葉に付け加えると、両親は驚いた様子で顔を見合わせ、兄は「ちょ、ちょっと待ってください――」と身を乗り出した。

「妹は絢斗さんと交際をしていました！　お腹の子の父親があなただなんて、どうしてそんなことが――」

「非常にお伝えしづらいことではありますが、どうやら恵真さんは、絢斗と私、ふたりと関係を持っていたようです」

両親が硬直する。娘が不貞を働いていたと聞かされれば、当然の反応だろう。

「絢斗は天花寺製薬を欲しがっていた。そのために恵真さんに近づいたのでしょう。彼女も実家の利益と自分の意思との間で悩み苦しんだはずだ」

絢斗は買収狙いで恵真をたぶらかしていたのだとほのめかすと、両親の顔色がサッと曇った。

「どちらの子であろうと、私が責任を持って育てます。ですから、恵真さんの看護を含め、彼女を私に預けてもらいたい」

俺が深く頭を下げると、両親は「榊さん……」と狼狽した。

「今の恵真さんは私や絢斗のことを覚えていない。そんな彼女に、自分が不貞を働いていたなどと告げるのは酷でしょう。このまま絢斗のことは忘れさせておくのが、彼女にとって最善だと思います」

両親は娘が二股をかけていたという負い目から反論などできない。加えて絢斗への不信感も煽ってやった。

兄だけが疑心を含んだ目で俺を見ているが、言い返すだけの材料もないと見える。

「恵真さんには出産に集中してもらいたい。私が夫となり、全力で彼女を支えます」

くれぐれも絢斗を恵真に合わせないように、それだけ念を押して両親を納得させた。

二週間入院させ、恵真の体に異常がないことを確認すると、絢斗には悟られないよう地方の別荘に恵真を移送させた。

両親にはサナトリウムのようなものだと説明してある。外界から隔離し刺激を減らすことで、脳を休ませ療養する。

彼女が落ち着いてお腹の子と向き合えるようになるまでは、そっとしておいてほしいと頼み込み、周囲の邪魔者を排除した。

彼女が自分の意思で署名できるようになり次第、婚姻届を書かせよう。自署でなければ、のちのち絢斗が婚姻無効の調停でも起こしかねない。

せめてそれまでは余計な考えを起こさせないように手元に置いておかなければ。そんな策を巡らせた。

＊＊＊

頭がぼんやりとしてよく思い出せない。

自分が二、三日前だと思っているその日は春だった。仕事でワンシーズン先の夏物を取り扱っていたことを覚えている。しかし、今は八月の頭。季節を先取りどころか、追いついてしまった。

医師の説明によると三カ月程度記憶が抜け落ちているらしい。

なにかが足りていない感じはしていて、胸の奥が無性にぞわぞわとして気持ちが悪い。喉元まで出かかっているのに、なかなか出てきてくれない、そんなやるせない感覚がずっと続いている。

このところ不思議な夢を見る。船の上で夜景を見ながら、男性と食事をする夢。覚えはないのに妙にリアルで、もしかしたら記憶を失っている間に実際に体験したことなのかもしれない。

男性の顔は思い出せないけれど、きっと私の恋人だろう。

当の彼は、仕事が忙しくてなかなか会えないのだけれど、それも仕方がない。なにしろ、彼は大きなグループ企業を背負って立つとても立派な人だ。

そんな人と私はいったいいつの間にお知り合いになったのだろう？　しかも、お腹に彼との子どもまでいるというのだから、嘘のような話だ。

入院中の私を見舞い「恋人だ」と教えてくれた彼。

私が目を覚ましたばかりで混乱していたこともあって、本当にひと言ふた言しか話さないまま彼は病室を出ていってしまった。

堂々としていて、真面目そうで、ちょっぴり気難しそうな人だ。笑っている顔が想像できない。

でもきっと、とても優しい人なのだろう。入院中は特別室を手配してくれたし、退院後も療養のために別荘を用意してくれた。住み込みのお手伝いさんを三人も雇って。アパレルの仕事も私が入院している間に退職の手続きをしてくれたという。これからは自分が養うから、もう働かなくていいと。

仕事が嫌いなわけではなかったけれど、当分療養しなければならないそうだし、復帰したところで今後は産休、育休も控えている。辞めざるを得ないと納得した。

そんなことをぼんやりと考えていると、寝室のドアが開いてお手伝いさんが入ってきた。もういつもの時間だ。

「お目覚めでしたか。おはようございます、恵真さん」

「おはよう、小豆沢《あずさわ》さん」

彼女は小豆沢真紀《まき》、お手伝いさんの中では最年少の二十七歳だ。

ちょっぴりそそっかしいところがあって、よく年配のお手伝いさんに叱られている。ただ、私としては年齢が近いので話しやすい。

「今日はよく晴れていて気持ちいいですよ」

小豆沢さんがゆっくりと時間をかけてカーテンを開けてくれる。急に明るくすると、脳への刺激になりよくないそうだ。

少しずつ目を光に慣らし、順応したところで窓辺に立った。窓から見える青い空と庭のヒマワリのコントラストが美しい。

「……やっぱり、お庭に出ちゃダメなのかしら？」

「ごめんなさい、恵真さん。弦哉様が外には出ないようにと。倒れられては危ないので」

小豆沢さんが困ったように笑う。

療養生活の中で禁止されていることがいくつかある。まずは外出禁止。庭に出ることすら禁じられている。それからパソコンやスマホの閲覧禁止。電話もネットもできなくて、外界から遮断されたような生活を送っている。

私のスマホは、事故に遭った日に紛失してしまった。通話履歴やメッセージの内容が、抜け落ちた記憶を探るヒントになったかもしれないのに残念だ。

そもそも弦哉さんは、記憶を取り戻す必要はないと言っている。たった三カ月程度の記憶に固執しなくていい。それ以上の記憶をこれから積み上げていけばよいと。

正論だけれど、寂しくもある。恋人との出会いから想いを通わせるまでの大切な記憶がなくなってしまったのだから。

「外はここで見るほどいいものでもないですよ。避暑地とはいえ暑いので」

小豆沢さんが苦笑する。

「わかったわ。それにしても時間がありすぎるのよ。せめて資格の勉強とかしちゃダメかしら」

「療養中に勉強だなんて。時間がもったいなくてもゆっくりなさってください、頭の休息なんですから」

それに、と言って小豆沢さんは私のお腹に目をやる。

「赤ちゃんのためにもゆっくり休んで早く治していただかないと」

「……ヨガでも始めようかしら」

「あ、私、マタニティヨガの本、買ってきましょうか！」

「もしかして、街に出る？　それならひとつ頼みたいことがあるんだけれど……」

私が小豆沢さんにひそひそ声でお願いをすると、彼女は悩ましい顔をした。けれど、幾度か手を合わせて頼み込んでみたら、「内緒ですよ」と笑って了承してくれた。

ふたりしてきゃっきゃとはしゃぎながら、朝の支度を済ませ食堂へ向かう。栄養バランスのいい食事を終えたあと、読書や編み物をしてのんびりとした時間を過ごす。

午後はベテランのお手伝いさんに付き添ってもらいパウンドケーキを焼いた。

子どもが無事に生まれて、ご飯が食べられるくらい大きくなったら、このケーキを焼いておやつにしてあげよう、そんなことを思いながら手順を覚える。

……弦哉さんは、甘いものはお好きかしら。見るからに苦手そうな顔をしているけれど。いや、そう見せかけて甘党かもしれない。私は彼のことを知らなすぎる。これから夫になる人だというのに。

この別荘に来てはくれないかしら……。

お仕事で忙しいのはわかっているけれど、少しだけでも顔を見せてほしい、そんなふうに願ってしまうのだった。

その日の夜。突然お手伝いさんたちが慌ただしく動き始めた。

「小豆沢さん。どうかしたの？」

彼女は朝も掃除をした玄関を再びぴかぴかに磨き上げながら、私の質問に答える。

「弦哉様が、急にいらっしゃると！」

「……！」

弦哉さんが来てくれる！

この日を待ち望んでいたというのに、いざ来るとなると緊張して怖くなった。

私は二階の自室に戻り、そわそわしながら彼がやってくるのを待つ。

しばらくすると、玄関から怒声が響いてきて、何事かと私は階段の下を覗き込んだ。

「ここに来るまでいったい何時間かかっている！」

「申し訳ございません！　道が混んでおりまして――」

「迂回路を探すのがお前の仕事だろう。まったく、運転のひとつもままならんのか！」

どうやら渋滞にはまったらしく、運転手を怒鳴りつけている。

怖い――直感的にそう感じ震え上がる。そこまで怒らなくていいのにと思ってしまう私は、甘いのだろうか？

「恵真はどこだ」

「お二階にある自室に――」

弦哉さんの目がぎろりと階段の上に向く。予期せず目が合ってしまい硬直した。

私も叱られるの？　ううん、悪いことなんてしていないもの、そんなはずない。

でもだとしたらどうしてそんな怖い顔をしているのだろうか。

弦哉さんが無言で階段を上ってくる。

「あの……弦哉さん」

なんて声をかければいいのか困惑していると、彼はただひと言「来い」と命令して、私の腕を掴み客間へと連れていった。

座れと指示され、大人しくソファに腰を下ろす。弦哉さんは正面の席に座ると、懐から一枚の紙を取り出し、テーブルの脇にあった万年筆とともに私の前に置いた。

「書け」

それは婚姻届。真っ白な用紙と彼の険しい表情を見比べて困惑する。

病院で会ったときは、ぶっきらぼうながらも気を遣ってくれているようだった。

今は気遣いなど皆無。突然やってきて挨拶も世間話も「具合はどうだ？」のひと言もなく、突然婚姻届を突きつけて書けと言う。

この人は本当に、私の体を心配してくれているのかな……？

疑っては失礼だ、そう思いながらも疑念が湧き上がる。

どうしても署名する気になれず、私は「あの、聞いていただけますか？」と弦哉さんに言葉をかけてみた。

「ぼんやりと思い出したことがあるんです。豪華な船に乗って、夜景を見ながらディナーを食べた日のこと……あれは弦哉さんが連れていってくれたんですよね？」

おずおずと尋ねてみると、弦哉さんの表情が険しさを増した。

「二度とその話題を口に出すな！」

テーブルに拳を叩きつけられ、びくりと震え上がる。

直感的に悟った。一緒に船に乗っていた男性は、弦哉さんではない。だとしたら誰？　私は誰と一緒に、あの夢のような時間を過ごしたの？

本能が婚姻届に署名することを拒み、私は万年筆を置いた。

「……少し、気持ちを整理する時間をいただけませんか？　次に弦哉さんがいらっしゃるときまでには、書いておきますから」

しかし、弦哉さんは立ち上がり、鬼のような表情で私を睨む。

「俺とは結婚したくないというのか！　ここまで面倒を見てやって、どこまでも恩知らずな女だな！」

愕然として硬直していると「あの……」というか細い声が聞こえてきた。客間の入口で小豆沢さんが深く腰を折っている。

「恵真さんはまだ混乱されているようです。お体に障りますし、ひとまずお休みいただいた方が……」

その声は震えていた。きっと弦哉さんのことが怖いにもかかわらず、私を助けに来てくれたのだろう。

しかし、弦哉さんは納得せず舌打ちをすると、小豆沢さんのもとに向かい大きく手を振り上げた。

バチン！　と甲高い音が鳴る。小豆沢さんの頬を平手打ちしたのだ。

私は驚いて、小豆沢さんの胸倉を掴む弦哉さんに「やめてください！」と叫んだ。

「書きます！　書きますから、彼女を離して！」

弦哉さんにしがみつくと、彼は「くそっ」と憎々しげに悪態をついて、私の腕を振り払った。

「署名しておけ。一週間後に取りに来る」

それだけ言い置き、弦哉さんは部屋を出ていく。

小豆沢さんは気が抜けたのか、ぺしゃんとしゃがみ込み震え始めた。私は彼女に寄り添い、肩を抱く。

「ああ……ごめんなさい、恵真さん。私ったら……余計なことを」

「そんなことない！　私の方こそごめんなさい！　ごめんなさい……」

小豆沢さんの背中をさすりながら、自分の方が泣けてきてしまった。

私はかつて彼を愛していたのだろうか。このお腹の子は、本当に彼の子ども？

あの人の子どもを、これから私は産み育てるの？

もちろん、生まれてくる子に罪はない。命が尊いことに変わりはないけれど――。

この先、真っ暗な未来しか用意されていない、そんな気がして、私はこの日、一睡もできなかった。

＊＊＊

半月前。電話が不自然な途切れ方をして以来、恵真と連絡がつかない。

俺はたびたび天花寺家を訪れては恵真の居場所を尋ねたが、邪険にされるばかりで居場所を教えてはもらえなかった。

恵真の自宅マンションにも帰宅した形跡はなく、職場は退職の手続きがなされ、恵真の身になにかあったことは間違いない。両親は行方を知っているようだが、「これ以上、恵真にかかわらないでほしい」と門前払いだ。

武藤薬品工業の不穏な動きはなくなり、榊化学と天花寺製薬との提携の話も頓挫している。

武藤薬品工業はあきらめたというより、乗っ取る必要性がなくなったのではないか。

まさか、恵真は弦哉のもとに？

弦哉は恵真やその家族にいったいなにを吹き込んだのか。

不自然に思い調査を進めていくと、電話が途切れたあの日、恵真の自宅マンションの近くで怪我人が出て、救急搬送されたことがわかった。怪我をしたその人物は、近くの救急病院ではなく、なぜか管轄外にある病院に運び込まれている。

そしてその病院は弦哉が懇意にしている病院——話ができすぎていて焦燥が募る。

縋るような思いで恵真の父親に電話をかけてみると、思いもよらないことを尋ねられた。

『そもそも、武藤薬品工業が天花寺製薬を乗っ取ろうとしているという情報自体、デマだったのではありませんか？』

「は……？」

『あなたが買収を持ちかけるためのデコイだったのでは？』

「それは——」

まさか武藤薬品工業が買収から手を引いたのは、俺を疑わせるためだとでも？

困惑していると、受話口の向こうで『代わってくれ』と話す声が聞こえてきた。

『——お電話代わりました。翔真です』

「翔真さん！　恵真さんはご無事なんですか？　彼女は今、どちらに——」

『その件ですが、電話では埒が明かない。対面でお話しできませんか？』

受話口の奥で言い争う声が聞こえてくる。どうやら恵真の両親は、俺に事情を話すことに反対のようだ。

しかし、翔真さんは『父さん、母さん、静かにしてくれ』と両親を一喝した。

『俺は直接あの人と会話したことがある。どうも信頼ならないんだよ。それに、あの恵真が二股なんてすると思うのか？』

受話口から両親を説得する声が聞こえてくる。

あの人とは、弦哉のことを言っているのだろうか。

翔真さんはその日のうちに落ち合う手筈を整えてくれた。俺と恵真が出会ったあのホテルのロビーラウンジで待ち合わせをする。

十分前に到着すると、すでに翔真さんは席に座って待っていた。

「わざわざ来ていただいてすみません。コーヒーでかまいませんか」

翔真さんはスタッフを呼び、ブラックコーヒーをふたつ注文する。

「こちらこそ。応じていただき感謝します。早速ですが、恵真さんは――」

「正直、無事とは言いがたい。俺たち家族も、恵真がどこにいるか聞かされていないんです」

翔真さんは順を追って、すべてを話してくれた。恵真が階段から足を滑らせ頭を打ち、救急搬送されたこと。偶然居合わせた兄の弦哉が救護し、入院や検査の手続きを取り計らってくれたこと。

今は地方で療養しており、そっとしておいてほしいと言われたそうだ。

さらには――。

「搬送時、恵真は妊娠していたそうです。弦哉さんは自分の子かあなたの子かわからないと言っていました。どちらの子だとしても面倒を見るから安心してほしいと」

衝撃的な事実を打ち明けられ、口元を押さえる。弦哉との子だなんて――あり得ない。間違いなく俺の子だ。

「おかしいとは思いませんか？　いくら療養のためとはいえ、家族から引き離すだなんて。なにより妹は二股をかけるような不誠実な子ではありません」

翔真さんは拳をテーブルにつき力説する。

「俺は以前、弦哉さんにお会いして横暴な振る舞いをこの目で見ました。あの人が恵真と愛し合うなんてあり得ない」

「……翔真さん。恵真のお腹にいるのは、俺の子です」

「そうだと思いました。恵真の居場所に、ひとつ手掛かりがある」

そう言って翔真さんが差し出したのは、一枚の手紙だった。

宛先は恵真の両親。差出人は恵真、ただし住所は未記入。消印の郵便局名から地域だけは特定できそうだ。

「恵真が弦哉さんに隠れて手紙をくれました。協力的な使用人がいて、手紙を預かってくれたのだと中に書いてありました」

「大まかな場所がわかれば、探しようがあります。この近辺で弦哉が購入、あるいは賃貸している場所を探し出せばいい」

加えて、使用人の中に恵真の協力者もいるという。手紙の内容から読み取るに、恵真と歳の近い女性のようだ。手を尽くせばその人物にコンタクトを取ることも可能だろう。

「絢斗さん。もし運よく恵真に会えたとしても、おそらく恵真はあなたのことを覚えていない」

「ですが、恵真さんを弦哉のもとに置いておくわけにはいきません。お腹の子は俺の子であり、彼女は俺の愛する人ですから」

俺の言葉に、翔真さんはわずかに安堵したようだった。

「ありがとうございます。恵真を、どうかよろしくお願いいたします」

「お話ししてくれてありがとうございました。私に任せてください」

翔真さんと別れたあと、俺はすぐさま調査を開始した。

二日かけてなんとか居場所を割り出し、榊家の使用人名簿から恵真と親しくしている人物に当たりをつけ、連絡先を入手する。

電話をかけてみると、『はい』というまだ若い女性の声がした。

「出ていただけてよかった。小豆沢さん、あなたと交渉がしたい。身の安全は保障します。どうか切らないで」

それだけ伝えると、小豆沢さんは電話の向こうで沈黙した。警戒しているのだろう。回りくどい言い方をしてしまったが、これから主人である弦哉への裏切りを提案するのだから、まずは彼女自身に責任が及ばないことを約束しなければ話が進まない。

「弦哉の弟の絢斗です。恵真をそこから救い出したい。もちろんあなたのこともお守りします」

そう切り出すと、受話口の向こうから弱々しい声が響いてきた。

『……どうか、恵真さんを助けてあげて……』

恵真になにがあったのだろう。深く問い詰めたいが、時間がない。

「いいですか、小豆沢さん。弦哉は現在海外出張中です。明日には日本に帰国する。ですから、恵真を連れ出すとしたら今夜が好機だ」

俺が説得を始めると、彼女は掠れた声で「はい」と返事をした。

「他の使用人が寝静まったあと、恵真を外に連れ出してほしいのです。屋敷のセキュリティについてはご存じですか？」

『セキュリティは二十四時間稼働していますが、買い物に出るときに一度解除するので、そのやり方なら知っています』

「それなら安心だ。可能ならあなたにもついてきてほしい」

『でも、もし失敗したら、また――』

小豆沢さんの声が震える。弦哉からトラウマを植え付けられるような一件があったのかもしれない。

「私は弦哉の弟であり、恵真の婚約者、そしてお腹の子の父親です。赤の他人が恵真を攫おうというのではない。あなたのことを含め、全責任は私が取ります」

俺が力強く説得すると、小豆沢さんも納得してくれたのか『はい』と硬い声ながらも答えてくれた。

通話を終えると、俺は車に乗り込み弦哉の別荘へと走らせた。

三時間後。別荘の近くで待機し、小豆沢さんからの連絡を待った。

電話をもらい別荘の前まで車を走らせると、ちょうど屋敷の玄関から恵真と小豆沢さんが歩いてくるところだった。

大きなボストンバッグを抱えている小豆沢さんとは対照的に、恵真はなにも持っていない。本当に着の身着のままここへ連れてこられたのだとわかる。

後部座席のドアを開け「乗って」とふたりを急かした。逃げ出したことがバレれば厄介なことになる。

「あなたは……どなたですか？」

突然の脱出劇に、恵真は混乱しているようだ。小豆沢さんに急かされ車に乗り込むも、本当にこれでよいのだろうかという不安の色がありありとうかがえた。

「俺は――」

お腹の子の父親だと名乗るべきだろうか。かつてあなたに愛されていた男です、と。

だが、記憶もないのに愛情を押し付けられても混乱するだけだろう。

失った記憶よりも、これから彼女が築いていく記憶の方がはるかに大切だ。

過去と同じように俺のことを愛せなかったとしても、それは仕方のないことだと割り切るしかない。

お腹の子の父親だから愛すべきだなんて、強要はしたくない。

「俺はお腹の子の父親の――友人だ。それから、君の兄の翔真さんにも頼まれている。

妹を救い出してほしいと」

　こんな曖昧な説明で納得してくれるのか、そっと後部座席を覗き見てみると、恵真は思いのほか意志の強い目をしていた。

「私のお腹の子の父親は、弦哉さんではないんですね？」

　俺を真っ直ぐに見つめて尋ねてくる。

「ああ。そうだ」

　真剣に答えると、恵真はスッキリとした表情で「車を出してください」と言った。

「今ので信じてくれるのか？」

「はい。そんな気がずっとしていましたから、安心しました」

　記憶を失っていると言っても、真実は彼女の頭の中に、直感のような形で残っているのかもしれない。あるいは、眠っていると表現すべきか。

　――もしも彼女がすべてを思い出してくれたなら。

　不毛な願いであったとしても、祈ってしまう。またあの頃のふたりに戻りたいと。お腹の子どもをともに育てたいと。

　縋るような気持ちでハンドルを握った。

第八章　彼は優しくて素敵な人

お腹の子の父親は弦哉さんではない――そう聞かされて、心底安堵した。

過去の私が弦哉さんを愛していたとは、どうしても思えなかったから。

よくよく考えれば、おかしなことばかりだった。家族にも会わせてもらえず、庭に出ることも許されないなんて。あれは療養ではなく軟禁だ。

弦哉さんは恋人であるはずの私にまったく顔を見せず、いざ訪ねてきたかと思えばあの態度。加えて、お手伝いさんに手を上げるなんて、とても理解できない。

迎えに来てくれた男性のことは不思議とすんなり信用できた。

落ち着いた言葉遣いに誠実な眼差し。弦哉さんと違って、他人を敬い大切にする人だ。お腹の子の父親の、友人だと言っていたけれど……。

「あの、運転中にすみません。もしよかったら、お腹の子の父親について教えていただけませんか？　実は、事故に遭って記憶を失くしてしまって」

おずおずと尋ねてみると、男性はバックミラーを使ってちらりとこちらを覗き込んだ。その目が少し困っているように見える。

「彼は……今は海外で働いているんだ。俺からイメージを伝えるより、直接会ってみた方がいいと思う」

言い淀む男性にわずかに違和感を覚える。私には伏せておいた方がいい理由があるのだろうか。

すると、小豆沢さんが男性の言葉をフォローするように言い添えた。

「いろいろな情報がいっぺんに頭に入ってきては、混乱してしまいますから。少しずつうかがってまいりましょう？」

それもそうね、と納得する。代わりに私は「あなたのお名前は？」と尋ねた。

「……絢斗。榊絢斗、弦哉の弟だ。あまり兄弟仲はよくないけれど」

「絢斗、さん……」

なんだか胸にしっくりとくる名前だった。もしかしたら私は、記憶を失くしている間に彼と会ったことがあるのかもしれない。恋人の友人というくらいだもの、面識があってもおかしくない。おいおい尋ねてみよう。

すると、今度は小豆沢さんが絢斗さんに質問をした。

「絢斗様、私たちはどこに向かっているのですか」

「ひとまず俺の自宅に。セキュリティがしっかりしているから、ふたりを匿いやすい」

私たちふたりをわざわざ自宅で匿ってくれるのだろうか。とても親切な人だ。

でも、そこまでして身を隠さなければならない理由はなに？　弦哉さんはどうしてお腹の子の父親だなんて嘘をついて私を閉じ込めていたのだろう……。

「住居を準備する時間もなくて申し訳ない。しばらくは一緒に暮らしてもらえると助かる」

絢斗さんの気遣いに、小豆沢さんは「とんでもない」と手をパタパタ振る。

私も彼女と同じように首を横に振って「こちらこそ、泊めていただいてありがとうございます」とお礼を告げた。

彼の家に着いたのは、明け方に近かった。都心にあるとても立派な高層マンションだ。こんな場所、普通に生活していれば足を運ぶことなどないのに、なんとなく見覚えがあって妙な気分だ。

ここに来たことがある？　それとも、私の恋人が似たようなマンションに住んでいたのだろうか。

不思議な既視感を覚えながら、キー制御されたエレベーターに乗り込む。

玄関に入るとスーツ姿の男性が「お待ちしておりました」と一礼した。

「出水《いずみ》さん！」

小豆沢さんが驚いたような声を上げる。私が彼女に目を向けると「出水さんは榊家本邸の使用人頭です。以前お世話になっていました」と説明してくれた。

「協力を仰いだんだ。ベッドふたつ分、メイキングしておいてほしかったし」

「眠りにつきやすいよう、リラックス効果のあるノンカフェインのハーブティーをセッティングしておきました。お休みの前にどうぞ」

「気が利くね」

出水さんはやってきた私たちとすれ違うような形で家を出ていく。

「出水さん、ありがとう。くれぐれも弦哉には内緒でよろしく」

「もちろんでございます。小豆沢さん、絢斗様と恵真様のお世話をくれぐれもよろしくお願いしますね」

出水さんは小豆沢さんへ目配せしたあと、私に一礼して玄関を出ていった。

「ハーブティーで体を温めて、今日のところは眠ろうか」

絢斗さんに連れられて、私たちはリビングルームに向かう。

広々としたリビングには大きな窓があって夜景が望めた。立派なソファとローテーブル。だがもっとも目を引いたのは、続き間にあったビリヤード台だ。

「ビリヤードをされるんですか？」

私が台に近づきながら尋ねると、絢斗さんはどこか悲しそうな目をして微笑んだ。

「ああ。興味があるなら、好きに使ってもらってかまわないよ」

ダイニングテーブルの上にはティーセットが置かれていた。絢斗さんはティーポットを持ってキッチンに向かう。

「私がやります！」

小豆沢さんが咄嗟に名乗り出てキッチンに向かったけれど、絢斗さんは「お湯を注ぐぐらい大丈夫」と苦笑した。

「ですが、私は使用人ですから――」

「今日のところはお客様でかまわないよ。まだ勝手がわからないだろう？」

小豆沢さんは驚いた表情で絢斗さんを見つめている。弦哉さんとの間では、絶対に起こり得ないやり取りなのだろう。彼女もきっとそう感じているはずだ。

「恐れ入ります、絢斗様」

「ここで様は使わなくていいよ」

絢斗さんが優雅に微笑む。彼という人が少しだけわかった気がした。

気さくで誰にでも優しい人だ。兄の弦哉さんとは違う。絢斗さんなら、怒ったからってお手伝いさんに手を上げたりはしないだろう。

小豆沢さんは自分がもてなされることに少々困惑しながらも、ビリヤード台のそばにいる私のもとにやってきた。

「……恵真さんはビリヤードをご存じなんですか？　私はやったことがないので、ルールもさっぱり」

「詳しくはわからないけれど、簡単なものなら。確か、1番のボールから順番に落としていって、9番を落とした方が勝ちなんですよね？」

キッチンの絢斗さんに尋ねてみると、彼は目を見開いた。

「……覚えているの？」

「え？」

そういえば、ルールを知っているくせに、実際にビリヤードをした記憶がない。

この知識はどこから出てきたの？　どうして知っているの？

……私、忘れていることがある？

頭を押さえて首を傾げると、絢斗さんは取り繕うように笑った。

「……今のは、ナインボールというゲームのルールだね。今度ふたりでやってみるといい。俺は日中仕事に出ることが多いから、君たちにはここで留守番してもらうことが増えると思うし」

絢斗さんはティーカップにハーブティーを注ぐ。「ソファの方が落ち着くかな」と、ローテーブルの上にカップを三つ運んできてくれた。

「ありがとうございます」

私たちはソファに座り、ハーブティーをいただく。カップを持ち上げただけで、甘くて優しい香りがふんわりと漂ってくる。

火傷しないように少しだけ口に運ぶと、強い花の香りがツンと鼻から抜けて、体がほうっと温まった。

「おいしい。これは、なんのハーブかしら？」

「きっと出水さんのオリジナルブレンドだと思います。出水さんはハーブや漢方、紅茶に関するいろいろな資格をお持ちなんです」

小豆沢さんが誇らしげに語る。使用人頭というくらいだから、きっとすごく優秀で人望のある方なんだろう。

「恵真が妊娠していると説明したから、ノンカフェインのハーブティーをブレンドしてくれたんだろう。気に入ったなら、今度茶葉をもらってくるよ」

「ぜひ。おいしかったとお伝えください」

言葉を交わしながら『恵真』と呼び捨てされていることに気がつく。嫌な感じや、馴れ馴れしい印象はない。すごく自然で、呼ばれ慣れているような気さえしてくる。

記憶のない三カ月の間、私と絢斗さんはどんな関係だったのだろう。ただの知り合いか、あるいは私のことも友人のように接してくれていたのか。それとも――。

「これを飲んだらベッドルームに案内するよ。まだ気分が昂って眠れないかもしれないけれど、一度横になった方がいい」

小豆沢さんも「そうですね」と絢斗さんに同意する。ふたりの目線は私のお腹に向いていて、妊婦である私を気遣ってくれているのだとわかる。

「はい。お気遣い、ありがとうございます」

私と小豆沢さんは、それぞれ寝室を用意してもらい就寝した。ベッドはふかふかで寝心地がいいけれど、逃亡者のようなこの状況に気持ちがざわついて眠れない。

弦哉さんのもとから逃げ出して、本当に大丈夫なのかしら……？

別荘を飛び出したことに後悔はないけれど、弦哉さんが怒っているのではないかと考えると不安になる。いや、間違いなく怒っているからこそ、匿われているのだ。

明日、事情をきちんと聞かなくちゃ……。

どう考えても、私が今置かれている状況は尋常ではない。妊娠し、記憶を失い、閉じ込められ、逃げ出してきただなんて。

この三カ月の間に、いったいなにがあったというの？　お腹の子の父親はいったいどこにいるの？

やはり気持ちが昂って寝付くことができず、カーテンの隙間から日が差し込んでくるまで悶々と思い悩んでいた。

いつの間にか眠りについていたらしく、気がつけば朝の十時を過ぎていた。

私がリビングに向かうと、すでに絢斗さんと小豆沢さんは起きていて、今後のことを話し合っていた。

「あ、恵真さん、おはようございます。今、朝食をご用意しますね」

しばらくして出てきたのはホットサンドとハーブティー。ハーブティーは昨夜の茶葉が残っていたのだそう。

小豆沢さんはダイニングテーブルに食事を置きながら苦笑する。

「実は、朝食は絢斗さんがデリバリーしてくださったんです」

小豆沢さんは手作りでないことを申し訳なく思っているのか、複雑な表情をしている。絢斗さんがフォローするように口を開いた。

「ドタバタ続きだったから、少し楽をした方がいい。俺はこれから仕事に向かうから、あとのことは小豆沢さんに任せるけれど、俺はふたりで仲良く昼寝を推奨するよ。たいして寝てないだろう？」

優しい笑みを投げかけて、彼は部屋を出ていく。

彼もほとんど眠っていないのに、これから仕事に行かなければならないんだ……。なんだか申し訳ないような、心苦しいような気持ちになる。

私が絢斗さんをずっと目で追いかけていたせいか、小豆沢さんが奮い立たせるように言った。

「さあ、恵真さん。温め直してありますから、冷めないうちにどうぞ。絢斗さんへの感謝は、仕事からお帰りになったときにゆっくりお伝えしましょう。今日は早めに帰ってきてくださるそうですから」

「そうね。いただきます」

玉子やベーコン、トマトの挟んであるホットサンドを遠慮なくいただく。すごくおいしい。

食事が終わる頃、絢斗さんがスーツに着替えて戻ってきた。とても上質なダブルのスーツを着ていて、彼の品のよさと相まっていっそう麗しく見える。まるで少女漫画に出てくる王子様のように彼の姿がキラキラと輝いて見えた。

見れば見るほど、絢斗さんって格好いいのよね……。

夫となる人がいるのに別の男性に見惚れてしまうなんて不謹慎だろうか？

浮気がしたいとかそういうことではないのだけれど。素敵な人を素直に素敵と思うだけなら、罪ではないはず。……たぶん。

「そうだ、恵真。ご家族に声を聞かせてあげるといい」

思いついたような絢斗さんの言葉に、私は椅子から腰を浮かせる。

「いいんですか……？」

「ダメなわけないだろう」

当然のように言ってくれたことが嬉しかった。これまで家族に連絡を入れることすら禁じられていたから。

「恵真はスマホを持っていない？」

「ええ……事故のときに紛失してしまって」

「ひとまず俺のを使って電話して。恵真用の端末は用意しておくよ」

絢斗さんは自身のスマホを貸してくれた。画面には発信履歴が表示されており、『天花寺翔真』の名前も入っている。

絢斗さんは私にスマホを手渡すと、キッチンに入っていった。小豆沢さんが「お茶でも淹れましょうか?」とすかさず追いかける。絢斗さんは「水を飲むだけだから大丈夫だよ」と笑って冷蔵庫を開いた。

ふとこの履歴の中に私の恋人の名前があるのではないかと思いつき、絢斗さんと小豆沢さんがやり取りをしている間に目を盗んで履歴をスクロールした。

知らない人の名前ばかり。ここから探し出すのは無理そうね……。

あきらめかけたとき、履歴の中に自分の名前を見つけてハッとした。

ちょうど半月ほど前だろうか。私の名前が毎日のように並んでいる。事故に遭った日の付近なんて、数時間置きに電話をかけていたようだ。

恋人の友人にこんなにたくさん電話をかける?

私と絢斗さんの間には、知人以上のなにかがあるのではないだろうか。

なんとなく見てはいけないものを見てしまった気がして、気づかない振りで兄に電話をかけた。

まだ少し鼓動が速い。だが、動揺を悟られないように装う。

スリーコールで『はい、翔真です』という懐かしい、ちょっぴりよそ行きの声が聞こえてきた。

「お兄ちゃん、私、恵真よ」

『恵真！　大丈夫なのか⁉』

「うん。大丈夫よ」

兄は矢継ぎ早につわりはないか、赤ちゃんは元気かと尋ねてくる。

思わず苦笑しながら、平気よ、赤ちゃんもお腹の中で元気にしているわと答えた。

『さっき絢斗さんから連絡をもらったところだよ。状況が落ち着くまで恵真を匿ってくれるそうだね』

兄はこれまでのことをどう思っているのだろう。私のお腹の子の父親を知っているのだろうか。

いろいろと尋ねたいことはあるけれど、絢斗さんのスマホを借りて長話をするわけにもいかない。兄も今は仕事中だろう。

『落ち着いたら会いに行くよ。それまで、くれぐれも体を大事にして』

「うん。ありがとう、お兄ちゃん」

通話を終えた私は、絢斗さんにスマホを返した。

「ありがとうございました」

「それじゃあ俺は出るから、あとのことはふたりに任せるね」

私と小豆沢さんにそれぞれ目配せして、絢斗さんは仕事に出かける。

小豆沢さんは私におかわりのハーブティーを準備しながら、切り出した。

「この家のものは好きに使ってかまわないとおっしゃってくださいました。私のことも『そんなに頑張らなくていいから、恵真と一緒にのんびりしてて』と。……絢斗さんって優しい方ですね」

前に仕えていた弦哉さんがああだったから、余計にそう思うのだろう。

「ええ。気さくで優しい方だわ」

「でも、私、これに甘んじることなく頑張ろうと思いました」

気合いを入れる小豆沢さんに、思わずふふっと笑みがこぼれる。

絢斗さんは自然に仕えたいと思わせてくれるような主人だ。なにをしろと言われなくても、したくなってしまう。

彼の役に立ちたい——その気持ちは、なんとなく理解できる。

「でも、まずはお昼寝がいいんじゃない？　小豆沢さんもあまり寝てないし」

脱走の段取りを整えて私を連れ出し、慣れないことをして疲れているだろう。

「まずはひと眠りしましょう。それから、ふたりでお昼を作りましょうか」

「それは私が――」

「私もこの家に慣れたいもの。それに、もう退屈なだけの一日は嫌なの。家で大人しくしていなきゃならないとか、庭に出ちゃいけないとか、あれって私を閉じ込めるための方便だったんでしょう?」

小豆沢さんがぎくりと身をこわばらせる。

「私も詳しくは聞かされていませんでしたが……そうだったのかもしれません」

自信なく言って肩を落とした。

「お昼を食べたら、家の中を掃除するのはどう? ふたりでぴかぴかにして絢斗さんを驚かせてやりましょう」

「それはいいですね! ……でも、無理はなさらないでくださいね? 恵真さんは妊娠しているんですから」

「じゃあ、少しだけ小豆沢さんのお掃除をお手伝いする。これでいい?」

私たちは協力して大きな家の中を掃除し、夕飯を作って絢斗さんの帰りを待った。

夜、帰宅した絢斗さんは、豪華な夕飯と綺麗になった部屋に驚きつつも「頑張らなくていいって言ったのに、君たちは……」と苦笑していた。

＊＊＊

恵真を救出した翌日の午後、早速弦哉からクレームの電話が来た。

『自分のしたことがわかっているのか！　勝手に人の婚約者を誘拐して監禁するなど、犯罪も同然だ！』

徹夜明けの頭にどすの利いた声が響く。実にうるさい。

我を忘れて激高する弦哉に「閉じ込めていたのはそちらだろう」と冷静に反論する。いや、正しくは冷静ではない。声が冷ややかなだけで、腸は煮えくり返っている。

「外部への連絡手段を断って、家の中に軟禁していたそうじゃないか。記憶喪失の女性にお腹の子は自分の子だと嘘を吹き込んで、無理やり婚姻届を書かせようとして。警察沙汰になって困るのはそちらだろう。なんならDNA鑑定でも提出しようか？」

恵真を手に入れたかったのか、俺に嫌がらせをしたかったのか知らないが、行動があまりにもお粗末だ。

昔から弦哉は、少し突けばお縄になるような無茶ばかりする。おかげで、彼の部下は証拠の隠蔽や根回しに奔走させられ大変そうだ。

俺としては、そんな男が榊家のトップに立っていることが腹立たしい。肩書きや立場に興味などなかったが、これ以上弦哉をのさばらせておくわけにはいかないと、最近本気で考え始めた。

『使用人は俺の部下だ！　貴様が私のものを盗んでいったことに変わりはない！』

「彼女の所属は榊家本邸だ。君のものじゃない。その件も、使用人頭の了承は取ってあるから違法性はなにもない」

俺だけでなく、榊家に仕える人間の多くが弦哉に愛想を尽かしている。使用人頭である出水も俺のプランに協力してくれている。

「君の別荘には別の人間が配属されたと思うけど？」

『ペットをかっ攫って飼育員だけよこすだと!?　そんな屁理屈がまかり通るか！』

どうやら弦哉は自分の婚約者をペット扱いしているらしい。

ちなみに、うちが使用している電話回線はすべて録音されているから、これもモラハラの証拠として使えそうだ。

「言っておくが、恵真も小豆沢さんも自分の意思で俺についてきた。君には文句を言う権利などない。これ以上、ふたりにちょっかいをかけるようなら、こちらも弁護士を立てて戦うつもりだ。父はどちらに味方するか、見ものだな」

父にはある程度事情を説明し、静観するよう伝えてある。

弦哉の横暴な行動や、限りなく黒に近い経営手法など、かねて問題視している父は、比較的俺に理解を示してくれている。

『身の程を知らない生意気な愚弟が！　せいぜい今を楽しめ！』

捨て台詞を残し電話が切れる。

「身の程をきちんと理解できていないのは、そちらだろう」

携帯端末を内ポケットに押し込みひとりごちると、俺は仕事に戻った。

帰宅すると、玄関の床が輝いていた。あれだけ楽をしていいと言ったのに。

使用人の立場でのんびりするという罪悪感に耐えられなかったようだ。小豆沢さんは真面目な人だなあと思わず苦笑してしまう。

リビングに入ると、夕飯のおいしそうな香りが漂ってきた。キッチンに立っているのは恵真だ。「おかえりなさい」と笑顔になりながら、お鍋をかき混ぜている。

「恵真が食事を作ってくれたの？」

尋ねてみると、ダイニングテーブルを整えている小豆沢さんがちょっぴり困ったように答えた。

「はい。日中はお掃除も手伝ってくださって。一応、お止めはしたんですが」

「え。掃除？」

ぎょっとして目を見開く。そういえば小豆沢さんが真面目どうこう以前に、恵真が真面目だったか。この状況で小豆沢さんひとり働かせて、自分だけのんびりしようなど考えないだろう、彼女は。

「恵真。いいか？　君は妊婦だ。安静にしないと」

「まだお腹も重くありませんし、つわりもありませんから大丈夫です」

「そういう問題じゃ……」

「妊娠した先輩は、六カ月くらいまでは店舗に立って働いていましたよ。さすがにそれ以降になるとお客様も気を遣いますし、制服も入らなくなるので、裏方に回りましたけど」

そう言われると、はいとしか言えない。小豆沢さんも同じように言いくるめられたのだろう、小さなため息をついた。

「妊婦であろうと、できることはしたいんです。私も働きます。これだけお世話になっていて、なにもしていないのは落ち着きません」

詰め寄ってくる恵真にたじろいで、思わず目を逸らした。記憶喪失になって、押しの強さに拍車がかかったのではないか……？

「わかったよ。少しだけ家事を手伝ってくれると助かる。いずれにせよ、君たちふたりで暮らせるように、住まいを手配しようと思っているんだ。ここにいるのは少しの間だから、気を遣わなくていい」

このマンションと同等のセキュリティを誇る住居を手配中だ。恵真にとって、突然知らない男と暮らすのは負担になるだろう。ここにいるよりは、小豆沢さんとふたりで暮らす方が気兼ねないはずだ。

実家に戻ることも含めて翔真さんと相談したが、恵真の両親は弦哉と俺のどちらにつくか決めかねているらしい。再び恵真を弦哉のもとに差し出されては困るので、実家に戻すのはやめておこうという判断に至った。

すると、突然小豆沢さんがこちらにやってきて、俺を見上げた。

「では、おふたりでこのマンションに暮らせばいいのでは？　私は通いでお世話をしますのでっ」

「え」

俺は恵真とともに驚きの声を漏らす。小豆沢さんからこんな提案が出てくるとは予想していなかった。

「絢斗さんのおそばが一番安全だと思います。絢斗さんがお仕事に出かけている間は私がついておりますので、ぜひここに恵真さんを住まわせてあげてください」

小豆沢さんは俺がお腹の子の父親だと知っているから、おそらく気を遣っているのだろう。だが、恵真の方は提案にたじろいでいる。

「ですが、私がいつまでもここにいては迷惑なのでは……」

「きっと絢斗さんは、恵真さんのために億ションを手配なさろうとしてますよ」

「ええっ、それはちょっと……」

ふたりの問いただすような目線がこちらに向く。まさにその通りで、俺はつい苦笑いを浮かべてしまった。

「贅沢かどうかは別として、セキュリティ的に億ションは譲れないかな。好きに選んでいいよ。別々に住むか、ここにいるか。どっちがいい？」

恵真は悩んでいるようだったけれど、最終的には俺に深く頭を下げた。

「おそばにいさせてください」

思わず笑みがこぼれる。恵真のそばにいさせてもらえる、その事実が自分で予想していたよりも嬉しかった。

「弦哉のことは牽制しておいたから、ふたりなら外出しても大丈夫だろう。病院にも行かなきゃならないしね。脳外科と産婦人科を手配しておくよ」

「なにからなにまでありがとうございます」

深く頭を下げる恵真に、俺は「かまわないよ」と笑って答えた。


夕食後。恵真は風呂に入り、小豆沢さんは夕食で使った食器の洗い物を始めた。

俺が「手伝うよ」と小豆沢さんに声をかけると、「そんな、結構です！　私の仕事ですから！」と慌てて断った。

「食洗機に突っ込んじゃえばいいのに」

「なにをおっしゃいますか！　これ、すごく高い食器ですよ？　食洗機不可です」

「いつも入れてるから大丈夫」

「えええ⁉」

一枚数万円する食器を乱雑に食洗機に並べていく俺を、小豆沢さんは唖然とした顔で眺める。

「さっき、どうしてあんな提案したの？　俺と恵真のふたりで暮らせって」

尋ねてみると、彼女はふっと表情を曇らせ、まごまごと答えた。

「……お腹の子の父親は自分だと、打ち明けないんですか？」

やはり一緒に暮らすよう後押ししたのは、彼女なりの気遣いだったらしい。俺はふっと吐息をこぼし、穏やかに笑いかけた。

「いつかは打ち明けるつもりだ。でも、無理強いはしたくないんだよなあ」

「絢斗さんが父親だとわかれば、きっと恵真さんは喜びます」

「先入観を与えたくないんだ。恵真の選択を奪いたくない」

小豆沢さんは食洗機に入りきらなかった食器を洗いながら、もどかしそうな顔をしている。

「昔のように、彼女が俺のことを好きになってくれるといいんだけど」

「きっとなります。絢斗さんは素敵な方ですから」

「頑張って彼女を口説き落とさないと」

小豆沢さんと笑い合っていると、風呂上がりの恵真がルームウェアに身を包んでリビングに戻ってきた。

俺たちの様子を見て目を丸くしたあと、くるりと方向転換し廊下に出ていく。

「……？　今のは、なんだろう」

「わ、私と絢斗さんが恋仲だと誤解されたのではないでしょうか!?」

「恵真!?」

俺は急ぎ濡れた手をタオルで拭いて、廊下に出ていった恵真を追いかけた。

＊＊＊

小豆沢さんと絢斗さんがキッチンで仲良く笑い合っているのを見て胸がざわつき、ついリビングを飛び出してしまった。

もしかして、ふたりはいい関係なのでは？　そうすると私は邪魔者になってしまう。

でも、どうして小豆沢さんは私に、絢斗さんとふたりで暮らすよう勧めたの？

自分の好きな人が別の女性と同棲するなんて嫌なのでは。ああ、それとももしかして、今しがた、いい仲になったの!?　大変、私、どうしたら……。

思い悩むと同時に胸がしゅんとしぼんでいくような感じがした。小豆沢さんはかわいらしい女性だ。私なんかよりずっと。

思えば私は、恋愛なんてまともにしてこなかった。お付き合いした回数より、かわいげがないと陰口を叩かれる回数の方が多かった。

そもそも、恋人のいなかった私がどうして妊娠なんてしているの？　私には本当にお付き合いをしている人がいたの？

海外にいるという私の恋人も、愛想を尽かして逃げ出したのでは……。

不安に駆られ廊下に立ち尽くしていると、リビングから絢斗さんが飛び出してきた。

「待って、恵真！」

勢いよく腕を掴まれ、ドキリと鼓動が跳ね上がる。

驚いて絢斗さんを見つめ返すと、彼は慌てて私から手を離した。

「っ、すまない。馴れ馴れしかったかな」

「いえ……、大丈夫です。どうかしましたか？」

「どうって。恵真が逃げたから」

驚いてぱちりと目を瞬く。彼は困ったように笑って、今度こそ私の手を優しく取ると、リビングまで連れていってくれた。

追いかけてきてくれたの？　心配してくれたのだと思うと、とても嬉しい。

「一緒にお茶を飲もう。出水さんから妊娠中でも安心して飲めるハーブティーをたくさんもらってきたから」

「でもっ――」

「俺が淹れるから、恵真はソファで待っていて」

絢斗さんがキッチンに入ると、代わりに小豆沢さんがキッチンから出てくる。

「洗い物が終わりましたので、私もお風呂をいただきますねっ。絢斗さん、お先に失礼しますっ！」

「ああ、ごゆっくり」

小豆沢さんは絢斗さんに一礼すると、ぎしりとこわばった笑みを私に投げかけ、そそくさとリビングを出ていった。

妙な空気を感じ取り、やはり私はお邪魔だったんじゃないかしらと不安になる。

「恵真、お待たせ」

木製のトレイにティーカップをふたつ載せて絢斗さんがやってきた。今日は深い紅色をしたお茶だ。ウッドチップのような、甘くて芳ばしい香りがする。

「これはルイボスティーブレンドだって。ノンカフェインだけどポリフェノールが多く含まれているから、一日二杯までだそうだよ」

「絢斗さんまでノンカフェインに付き合わせてすみません」

「俺も毎日おいしい紅茶が飲めて楽しいよ。これまで、ミネラルウォーターで済ませることが多かったから」

ふたりで顔を見合わせながら、ゆっくりとティーカップを口に運ぶ。香り豊かでとてもおいしい。

「絢斗さん。あの、私の恋人の話なんですが」

思い切って尋ねてみると、彼は真面目な顔になってカップを置いた。

「ずっと顔を見せてくれないのは、私のことが嫌になってしまったんじゃないかと」

絢斗さんは瞬時に険しい表情になり「違う！」と身を乗り出した。

勢いに驚いて、私はちょっぴりうしろにのけぞる。

「……大きな声を出してごめん。でも、そういうことじゃないんだ。〝彼〟は君をとても愛しているよ」

なだめるように絢斗さんの手が伸びてきて、頭をそっと撫でた。なぜかその感触に懐かしさを覚え、胸がきゅっと締め付けられる。

以前にも、こういうことを誰かにしてもらったような気がする。明確な記憶ではないのだけれど。

「もう少しだけ、時間をあげてやってほしい」

絢斗さんの言葉の真意はわからないけれど、その目はとても誠実で、嘘をついているとは思えない。

絢斗さんのことは信頼できる。なんとなく、そんな予感がするのだ。

第九章　私が愛していたのは

それから十日後。私は絢斗さんに連れられ、産婦人科を受診した。

ひと通り検査を終え診察室に通されると、看護師さんが「お父様もどうぞ」と待合室にいた絢斗さんを呼び出した。

彼はお父様ではないのだけれど――断りを入れようとすると、絢斗さんは唇に人差し指を当ててにっこりと微笑んだ。説明するのも大変だから、お父さんということにしておこうと言いたいのだろう。ふたり並んで医師の説明を聞く。

「経過は順調ですよ。気になることはありますか？」

「いえ。大丈夫です」

お腹の大きさはまだほとんど変わらず、変調もない。以前は少しだけつわりのような感覚もあったけれど、最近は落ち着いた。

絢斗さんは先生がくれたエコーの写真をまじまじと眺めて、「へえ、これが赤ちゃんか……」と目元を緩めた。すごく優しい表情で赤ちゃんの姿を見つめている。

まるで本当のお父さんのようだ。子どもが好きなのかな？

いまだ父親は不明だけれど、お腹の子を愛おしく思ってくれる人がいる、それが救いのように思えた。

病院を出た私たちは近くのカフェでランチを食べて帰宅した。

デザートはケーキをテイクアウトし、家でハーブティーを飲みながら味わうことにする。今日のルイボスティーはリンゴやオレンジなどのドライフルーツが浮かんでいて、いつもより豪華だ。

「ね、恵真。もう一度あの写真が見たい」

絢斗さんはエコー画像を何度も見つめては「へえ」と顔を綻ばせた。白黒でもやもやしていてなんとなくしかわからないのに、不思議なくらい嬉しそう。

「ねえ見て、ちゃんと頭があって、体がある。これが恵真のお腹の中にいるんだな」

私のお腹を眺めて見比べるものだから、なんだかくすぐったい。

その目がお腹を触らせてほしいなあとおねだりしているように見えて、私は腹部を差し出した。

「……触ってみます?」

「いいのか?」

「減るものでもありませんから」

「じゃあ……遠慮なく」

絢斗さんがお腹にそうっと手を伸ばす。妊娠三カ月目のお腹は、まだそれほど大きくもないのだけれど、触れた絢斗さんの目がとろけた。

「ここにいるんだ」

「まだ胎動もないし、楽しくないでしょう?」

「ここにいるって思うだけで楽しい。っていうか、かわいい」

「絢斗さん、もしかして、赤ちゃんが大好きとか?」

「これまであまり考えたことがなかったから、自分でも驚いているんだけど……かわいいな」

まるで絢斗さんがお父さんになるみたいで、思わずくすくすと笑ってしまった。

本物のこの子のお父さんも、絢斗さんと同じくらい喜んでくれるかな……?

祈るように思いを馳せてしまう。私の恋人は、今どこにいるのだろうと。

「じゃあ、子どもが動き出したらまた触らせてあげます」

「楽しみにしてる」

絢斗さんは私のお腹から名残惜しそうに手を離すと、ルイボスティーを口に運んだ。

「……記憶の方は、変わりなし?」

ふと気遣わしげに尋ねてくる。私は「はい」と静かに答えた。

「ただ、夢かもしれませんが、ぼんやりと思い出すことがあって」

「どんな？」

「豪華な船に乗っているんです。綺麗な夜景においしいディナー……でも、誰と一緒に乗っていたのか、思い出せなくて」

絢斗さんは驚いたように私を見つめる。もしかして心当たりがあるのだろうか？

「絢斗さん？」

「……船。乗ってみようか」

「え？」

「なにか思い出すことがあるかもしれない。安定期に入ったら、一緒にディナークルーズに行こう」

絢斗さんが柔らかく微笑む。『ディナークルーズ』――その単語は初めて聞いたはずなのに、ひどく懐かしく、胸がざわつく感じがした。

「ぜひ、連れていってください」

私の言葉に絢斗さんは小指を差し出してくる。指切りげんまん？

絢斗さんはとても頼もしくて素敵な紳士なのに、たまに子どもっぽい一面を見せる人だ。ふふっと笑みを漏らし小指を絡める。

触れているのは小指だけなのに、彼の体温に当てられて、頬が熱くなってしまった。


ディナークルーズが実現したのは一カ月半後だ。十月の頭、日中は温かいが夜はひんやりとした風が吹き、すっかり秋らしくなった。

赤ちゃんは五カ月に入り安定期に。下腹部はぽっこりと膨らんでいる。私はお腹が目立たないふんわりとしたドレスを着てクルーザーに乗り込んだ。

絢斗さんはこの日のために二階建ての大型クルーザーを貸し切り、シェフまで乗船させてディナーを振る舞ってくれた。

二階のメインフロアには、上品な椅子とテーブルが並び、白いテーブルクロスが敷かれている。食器とグラスが並んでいる窓際のテーブルに座り、景色を眺めた。

都心の明かりがゆっくりと流れていき、とても美しい。

やがて豪華な料理が運ばれてきて、私の視線はそちらに吸い寄せられた。

アミューズから始まりデセールまで綺麗に食べつくし、私はあらたまって絢斗さんにお礼を伝える。

「こんなに素敵なディナーをありがとうございます」

まるで夢が現実になったかのよう。ぼんやりした記憶が、はっきりした色に塗り替えられていく。

正面に座る絢斗さんが、夢の中にいた男性と重なって、ぴたりとはまる。

……あれ？

私は絢斗さんとここに来たことがあるのだろうか。あれは過去の記憶？　それとも現実？　境目がわからなくなり混乱する。

「恵真？　大丈夫？」

気がつけば絢斗さんが心配そうな表情でこちらを覗き込んでいた。私は慌てて「大丈夫です」と手を胸の前で振る。

「やっぱり、こんなふうにクルーザーに乗ったことがある気がするんです。全部初めてのはずなのに、なんだか懐かしくて不思議な感じ」

彼はどこか切ない表情で私を見つめた。心配してくれているのだろう。

「……絢斗さんは、こうして誰かとディナークルーズしたことがありますか？」

尋ねてみると、彼は困惑したような顔で声を詰まらせた。

「あ、ごめんなさい、別に詮索したかったわけじゃ――」

「来たこと、あるよ」

絢斗さんが静かに肯定する。その目は遠くを見つめていて、表情はどこか切ない。

「とても大切な人と、来たことがある」

悲しさを滲ませる声に、胸がきゅっと切なく疼く。

その人は恋人だろうか。今はもう、お別れしてしまったの？　それとも――。

尋ねられずにいると、彼はゆっくりと席を立ち、私に手を差し出した。

「オープンデッキに行って夜景を見よう」

「……はい」

彼に連れられ、クルーザーの屋根にあたる部分、オープンデッキへと向かう。

「足元に気をつけて」

「ありがとうございます」

彼に支えてもらいながらデッキへ上った私は、目の前に広がる夜景に息をつく。

夜風がひんやりと頬を撫でて心地よい。確か、あの日もこんな感じの心地よい風を浴びたような――。

……あの日？

「エスコートに慣れたみたいだね。俺が君に初めて会ったときは、もっとおどおどしていた」

その言葉で彼の手をずっと握り続けていることに気づきハッとする。

男性の手をこんなに自然に取り続けていられるなんて、以前の私なら考えられない。

「本当だ……どうしてでしょうね」

「記憶喪失と言っても、起きたことが消えるわけじゃない。君の心の中には経験として残っているんだろう」

そう言って私の手を強く握り込む。

温かく心地よいこの感触。やっぱり私は絢斗さんのことを知っている。頭で覚えていなくても、体が彼を覚えている。

柔らかく微笑みながら私を見守るその姿が、あの日の男性と重なり合致する。

記憶のない三カ月の間に、私をディナークルーズに連れていってくれたのは、絢斗さんだったの？

そのとき。まるで私の問いに答えるかのように、お腹の中がどくんと脈打った。

もしかしてこれは胎動？　今、赤ちゃんが動いた？　私は驚いてお腹に手を当てる。

「絢斗さん、今、動いたかも！」

「え⁉」

絢斗さんはすぐさま私を抱き寄せ、お腹に触れる。

彼との距離が近くなって、私の鼓動はばくばくと速まった。でも、絢斗さんは赤ちゃんに夢中で、私の頬が赤いことなど気づかない。

「どこで動いたの？」

「えっと、このあたり」

「うーん。もう一度動かないかな」

「そんなに頻繁には動かないと思いますよ。私も、初めてでしたから」

絢斗さんはちょっぴり残念そうに、わずかに膨らんだお腹を撫でる。

私は照れくさくて、でも嬉しくてたまらなかった。

この子の父親が、絢斗さんならいいのに。

彼なら子どもの成長をひとつひとつ喜んでくれる素敵なお父さんになるだろう。嬉しいことも悲しいことも分かち合ってくれる、そんな家族になれそうな気がするのに。

私の恋人は、絢斗さんではないの？

そう思いたい反面、私の恋人がこんな完全無欠のハイスペックイケメンだなんて、信じがたいと思ってしまう。

だいたい、私が絢斗さんの恋人だとしたら、絢斗さんと体を重ねたことになるわけでしょう？

途端に恥ずかしくなって、彼の目が見られなくなった。

そんなこと、あるわけがない。でも——そうであってほしい。

おずおずと顔を上げると、彼は視線に気づき微笑んでくれた。

そんなさりげない仕草からも、じんわりと優しさが伝わってきて、まいってしまう。

私は、絢斗さんのことを好きになってしまったのかもしれない。

お腹の父親は別にいるのに、こんな気持ちを抱いて許されるのだろうか。絢斗さんは、許してくれる？

尋ねることができないまま、愛おしさだけが募っていった。


絢斗さんの家に来て五カ月が経ち、年が明けた。赤ちゃんはもう八カ月になり、お腹はパンパンだ。

元日は絢斗さんに連れ添われ、実家に顔を見せに行った。

両親は子どものことや父親のことなど、聞きたいことがたくさんあったのだろうけれど、深くは触れず私を歓迎してくれた。きっと兄が根回ししてくれたのだと思う。

帰り際、兄は私たちを玄関まで見送ると、絢斗さんに向かって深々と頭を下げた。

「出産まで、恵真を頼みます。それから、仕事の話になって申し訳ありませんが、引き続き提携の件もよろしくお願いします」

兄がそう口にしたのを聞いて、私は「提携？」と尋ねる。

「あー……、恵真は知らないんだったな。実は、天花寺製薬が経営難に陥っているんだ。ここ数年の話じゃない。恵真が学生の頃から、ずっと右肩下がりだったんだ。隠していてごめんよ」

私は驚いて口元を手で覆う。家業がそんなことになっていただなんて。なにも知らずにいた自分が不甲斐ない。

「だから、絢斗さんの傘下の企業に投資と提携の申し入れをしているんだ」

「そうだったの……。ごめんなさい、私、なにも知らなくて。協力もしないで」

私が謝ると、兄は複雑な顔で笑った。

「いや、恵真は協力してくれていたんだよ」

「え……？」

私が記憶を失っていた三カ月の間に？

まるで私の知らない私が暗躍しているみたい。自分がなにをしたのか覚えていないのが恐ろしい。早く全部思い出して、心の穴を埋めたい。

暗い顔になった私を気遣って、絢斗さんが肩を抱いてくれる。

「大丈夫、なんの心配もしなくていい」

絢斗さんの優しくて頼もしい笑顔で、心の中に立ち込める霧がすっと取り払われる。

そんな私たちを見守っていた兄が、表情を緩めた。

「やはり俺は、絢斗さん、あなたを信じたいと思います。お腹の子の父親の話は？」

「いえ、まだ……」

「もうすぐ子どもも生まれる。折を見て話してやってください」

兄の言葉に、絢斗さんはまだ私に隠していることがあるのだと確信する。

なぜ話してくれないのか――もどかしいけれど、きっと絢斗さんなりの考えがあるのだろう。

「俺は、彼女に無理強いをするのは――」

「大丈夫ですよ。恵真はきっと、記憶の有無に関係なく同じ決断をするでしょう」

「……ええ。そうですね。そう信じたい」

ふたりのやり取りを、私は黙って見守っていた。

こちらから問い詰めるのではなく、絢斗さんが話してくれるのを待つ。そう決めた私は、なにも尋ねないまま帰路についた。

家についてからの絢斗さんは、いつも通り優しいけれど、どこか少しよそよそしい。

いや、緊張しているのかな？

どことなくひりついた空気を変えなくてはと、その日の夜、私は絢斗さんがお風呂から出てくるのを待って提案した。

「一緒に映画でも観ませんか？　絢斗さんの家って、いろんな映画がありますよね」

好きなものを見てかまわないと言われていたから、私と小豆沢さんで何本か観賞したのだけれど、それでも手をつけていない作品がまだたくさんある。

「そうだね、なにがいいかな……胎教によさそうなのがいいな」

どの映画にしようかと、棚に並んだディスクを眺めていると、ふと一本だけ違う向きでしまわれているディスクを発見した。まるで隠されているかのようだ。

「これ、なんの映画でしょう？」

「それはダメだ！」

慌てて絢斗さんが飛んでくる。しかし、その映画は子どもから大人まで観られるヒューマンストーリー。隠す必要なんてまるでないように思うのだけれど？

「これ、女の子がワンちゃんと一緒に母親を探す旅に出るお話ですよね」

絢斗さんが苦笑いを浮かべながら頷く。

「苦手なんだよ。映画を観てまで悲しい気分になりたくない」

「絢斗さん、涙脆いですもんね」

自然と出てきた言葉に、自分で驚いた。

少女と犬が天国に行くシーンで、私の肩に顔を埋めながらぐすぐすと涙する絢斗さんを思い出し、夢なのか現実なのか判別できなくなる。

これは……夢……では、ない？

顔を上げると、絢斗さんは目元をくしゃっと歪ませて、情けない顔で笑っていた。

「どうしてそういうことだけ覚えてるのかな。もっと格好いい場面を思い出してほしいのに」

「……一緒に、観ました……よね、これ」

ディスクを持ったままソファに腰を下ろす。目を瞑ると、そのときの記憶がするすると思い出された。

哀しくて優しいエンドロール。鼻の頭を赤くした絢斗さんのかわいらしい顔。

ソファがふんわりと揺れて、私は目を開けた。隣に絢斗さんが、柔らかな表情で座っている。

「これを観る前にひとつ、話しておかなきゃならないことがあるんだ」

「私も、聞きたいことがあるんです」

ふたりで顔を見合わせて、お互いの言葉を探り合う。たぶん、私たちが言おうとしているのは、同じこと。

「君のお腹の子の父親は――」

「私の、恋人だった人って――」

ゆっくりとふたりの顔が近づき、唇が重なった。あまりにも自然にキスが成り立ってしまい、これが初めてではないことを悟る。

私はきっと、これまで絢斗さんと幾度となくキスをしたのだろう。

それだけじゃない。愛し合い、体を重ね、子どもを宿した。

記憶はまだ完全には戻らないけれど、愛した人の唇の感触を、甘い吐息を、忘れられるはずがない。

確かめるように絡ませ合った唇をほんの少しだけ離して、私は切り出す。

「……映画、観ましょうか。二回目ならそんなに悲しくないでしょう?」

「やめてくれ。オープニングだけで思い出して泣けてくる。今、もうすでに泣きそうなのに」

絢斗さんが縋り付くように、でも優しく抱きすくめる。

本当に涙脆くて困った人だ。思わずふふっと笑みを漏らし抱き返した。

「どうしてもっと早くお腹の子の父親だって言ってくれなかったんですか？」

「記憶とともに俺への愛も消えたっていうのに、無理強いなんてできないだろう」

「でも、私、きっと受け入れられたと思います」

記憶を失ってから初めて絢斗さんと出会ったとき、驚くほどすんなりと彼を信頼できた。

私の心は知っていたのだ。彼がかつて、私を愛してくれていたこと。そして、私が彼を愛していたこと。

「私、嬉しかったんですよ。絢斗さんがお腹の子の写真を見て、喜んでくれたとき。お腹に触れて、この子の感触を探してくれたときも」

絢斗さんがお父さんになってくれたらと、心の底から願っていた。

「……隠すのが大変だった。君のお腹の中に俺の子がいると思うと嬉しくて」

絢斗さんが私の体を少しだけ離し、情けない顔を見せた。喜びを隠し切れない、でもうまく伝えられない、そんなやるせない表情をしている。

「父親になる権利を誰にも渡したくないと思う反面、恵真の意思を尊重しなければと自分を押し殺した」

再び私を抱きしめ、感情を爆発させるかのように力を込める。

優しさと息苦しさを同時に覚え、胸がきゅっと締め付けられた。

「そんなこと、しなくてよかったんです」

彼を抱き支え、目を閉じる。

ゆっくりと呼吸して、お腹に意識を集中させると、ぽこんと内側から蹴られる感触がした。赤ちゃんがそこにいて、私たちになにかを伝えようとしている。

絢斗さんもこの小さな訴えに気づいたのか、わずかに体を離し、驚いた顔で腹部を見つめた。

「この子も、絢斗さんが父親だって言ってます」

絢斗さんがくしゃっと表情を歪める。

「……ごめん。恵真」

涙声で小さく呟いて、私の胸に顔を埋めた。謝ることなどなにもないというのに。

「これまで、私たちを守ってくれてありがとう。できれば、これからもずっと――」

私の愛する人でいてほしい。この子のお父さんでいてあげてほしい。

私が声を詰まらせると、絢斗さんの星空のように瞬く漆黒の瞳がこちらを見上げた。

「ずっと、恵真とともにいる。その子の父親でいさせてくれ」

「はい……！」

その日、私たちはようやくひとつのベッドで眠りについた。

体を重ねて愛を確かめることはまだできないけれど、寄り添って眠るだけで幸せだ。まどろみの中、彼の体温に包まれる。親子三人、ようやく温もりを共有できたことがなにより嬉しかった。

早く出ておいで——心の中で、そっとお腹の赤ちゃんに語りかける。

お父さんもお母さんも、あなたにたくさん愛を注いであげられる。この世界は明るく輝かしいものなのだと、早く伝えてあげたかった。

それから約二カ月後。出産を間近に控え、私たちは入籍を済ませた。

「おふたりはとうとう夫婦になられたんですね！」

婚姻届を提出した翌日、小豆沢さんに夫婦になったことを伝えると、満面の笑みで喜んでくれた。

「もしかして、恵真さんの記憶が？」

「まだぼんやりとしてほとんど覚えていないんだけれど、ちょっとずつ思い出すこともあって」

「記憶が完全に戻る前に、俺に惚れ直したんだろう？」

どや顔の絢斗さんを睨みつけると、それを見た小豆沢さんがあははと軽快に笑った。

「いずれにせよ、よかったです。出産前におふたりがご夫婦になられて」

「私と絢斗さんのこと、知っていたのなら、教えてくれればよかったのに」

「絢斗さんの希望でしたから。無理強いはしたくないって。弦哉さんのことがあったので、余計にそう思っていらしたのでは？」

絢斗さんは困ったように笑って、ソファから立ち上がった。そろそろ出勤の時間だ。

「過去に縋るのではなく、新しい関係を築くべきだと思ったんだよ」

「でも、結局おふたりは結ばれたんですから、運命だったんですね」

聞きなれない言葉にきょとんとして、私と絢斗さんは顔を見合わせる。

結局はこうなることが定められていたとするならば、私たちは随分と運命とやらに翻弄されたことになる。でも、正しい道を見つけることができた。

「俺はこれから仕事に行ってくるから、あとはふたりに任せたよ」

私と小豆沢さんは、絢斗さんを見送ったあと、今日一日の過ごし方を決める。

「今日はどうされますか？　出産に備えて、ベビーグッズでも買いに行きます？　この前、雑誌で見たマザーズバッグ、かわいかったですよね！」

張り切っている小豆沢さんを、私はちょっぴり申し訳なく思いながら引き止める。

「ごめんなさい、今日は家でゆっくりしていい？　なんだかお腹の調子が悪くて」

下腹部をさすりながら言うと、小豆沢さんの表情からすっと血の気が引いた。

「恵真さん？　それ、まさか陣痛だったりしませんか？」

「え？　でも、まだ予定日まで一週間以上あるわよ？」

「三十八週なら出産する方もいらっしゃいますよ！　ええと、とにかく病院に連絡をしますから、恵真さんは痛みの間隔を測っていてください！」

小豆沢さんに腕時計を渡される。出産が初めての私と、未経験の小豆沢さんでわたわただ。一度は家を出た絢斗さんも、小豆沢さんから連絡を受け戻ってきた。

「恵真！　陣痛が始まったってホント!?」

「ええと……たぶん？」

「病院に連絡は？」

「もう少し痛みの間隔が狭まったら再度連絡してくれと……そんなに悠長にしていて大丈夫なんですかねえ……」

不安そうな小豆沢さん。絢斗さんは早速秘書に電話をかけ「二日間スケジュールを空けてくれ」と連絡している。

「あの、出産はまだ先だと思いますから大丈夫ですよ？　お仕事に行ってもらって平気ですから……」

陣痛が始まってから、出産まで半日以上かかるケースもあると聞く。そんなに簡単に生まれてこないのでは？

しかし、絢斗さんは「なに言ってるんだ」と、私の足元に膝をついた。

「恵真が頑張っている間は、そばにいるから」

そう言って私の手を握り、柔らかな眼差しでこちらを見上げる。

そのとき、ぎゅうっとお腹が締め付けられるように痛んだ。朝よりも痛みが増していて、額にじんわりと汗が滲む。

まだまだ全然大丈夫、そう思っていた私だけれど、痛みにつられて不安が湧き上がってきた。本当に大丈夫かな？　そう自信が揺らぎかけたとき。

「恵真」

手にしっかりとした感触が伝わってきてハッとする。目の前に、頼もしい表情をした絢斗さんがいる。

強く握り返すと、ほんの少しだけ痛みが楽になったような気がした。

「……はい」

私はひとりじゃないから大丈夫。絢斗さんと視線を交わらせていると、気持ちが穏やかになっていく。

いつかもこんなことがあったような気がした。どんな恐怖や不安を抱えていても、彼の目を見ていると和らいでいくのだ。

痛みの波が引き、握った手の力が緩まると、絢斗さんは小豆沢さんに目配せした。

「小豆沢さん、いつでも病院に行けるように、荷物をまとめておいてくれる？」

「は、はい！　かしこまりました」

小豆沢さんは私のバッグに財布や保険証、母子手帳、スマホの充電コードなどを詰め込んで準備を整える。

もうひとつの大きなバッグは入院バッグ。産褥ショーツや授乳用ブラ、赤ちゃんのお洋服やおくるみなど、出産後を見越した品々をあらかじめ準備しておいた。

じわじわと強まっていく痛み。余裕がなくなってきた頃、病院の先生から指示をもらい入院することに。午後に破水をして、しばらくは陣痛と闘った。

その夜、無事に二八〇〇グラムの元気な赤ちゃんを出産した。黒髪がふさふさと生えた、愛らしい女の子だ。
まずは私が抱っこ――というかお腹に乗せてもらい、初乳を与える。

最初のおっぱいはたいした量は出ないけれど、赤ちゃんを守るための大事な成分がたくさん含まれているから大事なのだそうだ。

次に絢斗さんが抱きかかえる。涙脆い絢斗さんは、早速目を充血させていて、「恵真、すごいよ」と感動の声を上げた。

赤ちゃんは新生児室へ。私は絢斗さんとともに分娩室から病室へ移された。

時刻はもう深夜だ。出産を乗り越えぐったりした私の頭を撫でながら、絢斗さんは労ってくれる。

「よく頑張ったね。疲れただろう、ゆっくり休むといい」

「ありがと……でも、なんだか興奮しちゃって、眠れなくて……」

体はくたくたなのに、神経が過敏になっていて眠れない。今しがたお母さんになったのだと思うと、すごく不思議な気分だ。

今頃、赤ちゃんはどうしているのだろう。ちゃんと眠っているかな？　泣いていないかな？

「なら、落ち着くまで少しだけ話をしよう。赤ちゃんの名前を考えていたんだけれど」

あらかじめ女の子だとわかっていたから、いくつか候補は考えてあった。

赤ちゃんの顔を見ながら決めようと話していたのだけれど、出産直後はそんな話をする余裕などなかった。

「ピンと来た名前はありましたか？」

尋ねてみると、絢斗さんは困ったように首を横に振る。

「名前を考える余裕なんてなかった」

どうやら彼も私と同じだったみたい。生まれたての赤ちゃんを目の前にすると、あまりの感動で思考停止してしまう。

「私、ひとつ気に入っている名前があるんです」

それは数日前、絢斗さんが提案してくれた名前だった。

絢斗さんの『絢』という字は、糸をめぐらし美しく織りあげること、転じて彩のある人生を願うという意味があるらしい。

糸を人生にたとえるならば、真っ直ぐな心で紡いでいってほしい、そう思った。

「絢斗さんと同じ糸偏を使って『紡』、そして私の『真』をとって『真紡《まほ》』。真心を紡ぐ——どうですか？」

絢斗さんは「真紡……」と声に出して名前を確かめると、柔らかな表情で笑った。

「ああ。俺たち夫婦の願いが込められた、素敵な名前だと思う」

思わず表情が緩んだ。まだ後陣痛でお腹が痛くて余裕はないけれど、不思議と笑みが溢れ出す。

早く赤ちゃんを名前で呼んであげたい。その音の響きをあの子に聞かせてあげたい。そう思うと、明日が楽しみで仕方がない。

私はゆっくりと目を閉じて、体が休まるように努める。

「早く元気になって、立派なお母さんにならなくちゃ」

そんな決意を口にすると、絢斗さんは笑って私の手を握った。繋がれた手から温もりが流れ込んでくる。

「焦らなくていい。俺もいるから、大丈夫」

ああそうだ、と高揚していた心が凪いでいく。ともに歩んでいけばいい。真紡と、絢斗さんと、三人で。

「絢斗さん。これからも、私と真紡を、支えて――」

ふうっと体の力が抜けていく。気持ちが緩んだ瞬間、疲れがどっと押し寄せてくる。

「もちろんだ。ずっとふたりのそばにいるよ」

おぼろげな意識の中、絢斗さんの柔らかな声が耳に心地よく響いた。

第十章　心の奥底に眠る想い

一カ月後。床上げしたばかりで体調は万全ではないけれど、今日だけは頑張らせてほしいと絢斗さんにお願いした。私はネイビーのワンピースにコートを羽織り、絢斗さんの運転する車の後部座席に乗り込む。

隣にはチャイルドシートに乗せた真紡がいる。最初は落ち着かない様子でぐずっていたけれど、車が走り始めると気持ちよさそうに眠った。

「恵真、体は大丈夫？」

絢斗さんが心配そうな顔でバックミラーを覗く。

「ええ、大丈夫よ。それに今日は長居するつもりはないんでしょう？」

これから、絢斗さんの実家にご挨拶に行く。言葉通り、私と真紡の顔を見せるだけ。

絢斗さんは父親から勧められた縁談を断って私と入籍、果ては子どもまで作ってしまったので、和やかに会食なんて空気にはならないだろう。

一応事情は話してあるそうだが、快く受け入れてはもらえないと思う。

「ひとまず顔だけ見せて筋を通せればいいと思っている。一応、授乳やおむつ替えができるスペースも用意してもらった。恵真が休憩できるような部屋も」

「私はともかく、真紡は二、三時間でお腹が空いちゃうから助かるわ」

絢斗さんは少し申し訳なさそうな顔で唇を引き結ぶ。

「会食だのなんだのをするつもりはないが、積もる話はある。できる限り早く済ませたいけれど……どう転ぶかな」

厳しい眼差しでフロントガラスの奥を見つめる。揉めることを見越しているのだろうか、とにかく彼を信じてついていこうと、私は私で決意する。

絢斗さんの実家はとても大きなお屋敷だった。立派な鉄門に、広々とした中庭、周囲は林のように自然が溢れていて、中央には煉瓦造りの本邸がそびえ立っている。

一見すると記念館や文化財のような洋館だ。

車寄せに停車し、待機していた使用人にキーを預ける。手荷物は絢斗さんに任せ、私は真紡を抱き、屋敷の中に足を踏み入れた。

エントランスホールには吹き抜けと見事な両階段。たくさんの使用人が待機しており、私たちを客間へと案内してくれる。

客間には広々と取られた窓にソファとローテーブル。天井には豪奢なシャンデリア。映画に出てくる貴族のお屋敷のような家が実在したことに圧倒されてしまう。

「大丈夫だよ、恵真。堂々としていてかまわない」

縮こまっている私に気づいたのか、絢斗さんが声をかけてくれる。

使用人が「どうぞお使いください」と言ってゆりかごタイプのベビーチェアを運んできてくれた。真紡を乗せてゆっくりと揺らすと、真紡は気に入ったようでうっとりと目を瞑る。

しばらくすると、シャツにベストを合わせた背の高い男性が部屋に入ってきた。絢斗さんのお父様だ。

咄嗟に私は立ち上がろうとするが、絢斗さんに「大丈夫」と腕を掴まれ座らされる。

年齢は七十近いはずなのに、背筋はピンとしており、老いを感じさせない。

シルバーグレーの髪をうしろに撫でつけ、きりっとした力のある目をしている。

絢斗さんというより、弦哉さんに似ているだろうか。意志が強そうなご尊老だった。

お父様は黙って正面のソファに腰を下ろす。ただ座っているだけなのに、威圧感が伝わってきて息苦しい。

お茶菓子を運んできてくれたのは、絢斗さんの家で一度お会いした出水さんだ。

ティーポットと焼き菓子を、説明を添えながらローテーブルにセッティングする。

「こちらはノンカフェインの紅茶になります。パウンドケーキやマドレーヌにアルコールは入っておりませんので、安心してお召し上がりください」

授乳中である私を気遣ってくれたのだろう。ティーカップに紅茶を注ぎ、それぞれの前に置く。

「授乳やおむつ替えの際には隣のお部屋をお使いください」

「丁寧にありがとうございます」

出水さんは一礼して下がっていく。部屋が私たちだけになったところで、絢斗さんが切り出した。

「彼女が恵真。私の妻になってくれた女性です。そして、先月生まれた娘の真紡」

私はベビーチェアに寝かせていた真紡を抱き上げる。

しかし、お父様は表情を歪めて「妻に娘、か」と嫌みのように吐き捨てた。

「縁談についてはもういい。先方も、お前が用意した謝罪とやらに満足しているようだ。だが、勝手に入籍と出産を進めるとはどういうことだ。なぜ隠していた」

厳しい口調にごくりと息を呑む。予想通り、お父様は今も私たちの勝手な入籍と出産を許してはいないようだ。

「俺が妊娠させた。責任を取らないなんて選択はなかったからだ」

「責任などと軽々しく言うな。お前になにができる」

低い声が空気を揺らし、肌にびりびりと伝わってくる。声に驚いた真紡がふえええと情けない声を上げた。

すかさず出水さんがやってきて「しばらくの間、隣の部屋でお預かりいたします」と申し出てくれたので、お願いすることにした。私たちが口論しているところを真紡に見せたくない。

出水さんは外で待機していた女性に真紡を預ける。女性はシッターさんなのだろう、慣れた様子で真紡を抱きあやしてくれた。

お父様は扉が閉まるのを待つと、再び険しい声で切り出す。

「結婚は家と家との結びつきだ。本来であれば私が直々に天花寺家に赴き、謝罪すべきだったとは思わんか」

謝罪……？

私が眉をひそめたそのとき。激しい音を立てて客間の扉が開かれた。

振り向いた私と絢斗さんは、そこに立っていた人物に凍り付く。

客間にずかずかと足を踏み入れたのは——。

「弦哉……！」

絢斗さんは眼差しを鋭くし、お父様は神経質そうに目元を引きつらせた。

「何事だ。来客中だぞ」

「来客？　新しい家族ができたというのに、なぜ私に紹介してくれないのです？」

そう言い放ち、弦哉さんは勝手に端の席に腰を下ろす。物色するような目がこちらに向き、私は思わず視線を逸らした。

「挨拶もないなんて、随分とつれないお嬢さんだな。絢斗に孕まされる前は、私に唾をつけていたくせに」

突然の嘲笑に驚き、顔を跳ね上げる。絢斗さんが庇うように私を背中に覆い隠し、弦哉さんを睨みつけた。

「勝手なことを言うな。恵真の弱みに付け込んで脅していたのはお前だろう」

しかし、弦哉さんは声を張り上げ、私に問いかけてくる。

「違うと言い切れるのか、恵真。お前は俺に取り入って、実家の製薬会社をどうにかしてもらおうと画策していたんだろう。それとも、記憶がないとすっとぼけて、すべてをうやむやにするか？」

ぐっと両手を握りしめる。記憶がないのは確かで、今の私が弁解したところで説得力などないし、弦哉さんがなにを言いたいのかすらわからない。でも――。

「私は絢斗さんを愛しています。そこに打算などありません」

はっきりと答えると、弦哉さんは「生意気な女が」と空恐ろしい表情で懐からなにかを取り出した。

「これを見ても、そんなことが言えるか」

四つ折りにした紙を広げ、テーブルの上に放る。それはメールを印刷したもので、差出人は油性ペンで目隠しされていた。

絢斗さんは紙を持ち上げ、目を細める。

「絢斗、お前の元部下からの密告メールだ。お前が過去に三億円、インサイダー取引で荒稼ぎしたという、な」

インサイダー取引——つまり、絢斗さんが不法な証券取引をしたということ？　まさかと背筋が凍る。

印刷した紙を冷ややかに見つめる絢斗さん。お父様は読めない表情でじっと息子たちを見守っている。

「もちろん、これだけではない。お前が言い逃れできないような証拠を押さえてある。ご丁寧に手の内を晒してやるつもりはないが」

弦哉さんは勝ち誇った顔で顎を逸らし、絢斗さんを見下ろす。その視線が私の方に向き、ぞくりと震えが走った。

「恵真、これでお前のうしろ盾はなくなった。天花寺製薬を守ってくれる者はもういない。武藤薬品工業に乗っ取られ、経営陣は総退陣、儲けのない新薬の開発は停止、破滅の道しか残されていない」

ガンと殴られたような衝撃を受ける。弦哉さんは絢斗さんと私を陥れるために、今日この場に姿を現したのだとようやく理解した。

彼の別荘から逃げ出したあと、なんのアクションもなかったのは、あきらめたわけではなく、謀略を巡らせていたからだったんだ。

「絢斗から俺に乗り替えるなら、今のうちじゃないのか?」

煽られ、ぞっと背筋に寒気が走る。同時に、その横暴な言い草に怒りが湧き上がってきた。

たとえなにが起ころうとも、乗り換えるつもりなどない。愛する人に替えなど存在しないのだから。

「冗談じゃありません」

弦哉さんを睨み返し、はっきりと口にする。

「そうか。相変わらず無駄に気の強い女だ」

弦哉さんはにやりと笑みを深めると、その目を今度はお父様に向けた。

「父さん。この情報が公になって榊家の名が地に落ちる前に、絢斗から全経営権を剝奪すべきだ。絢斗に今の地位は相応しくない」

お父様は腕を組んで目を閉じた。じっと黙り込んでいるのは、なにかを考えているからなのか、それとも——。

「絢斗。お前が経営から足を洗うというのなら、この密告は揉み消してやってもいい。姉と同じように、前線を退き細々と生きろ。生活費くらいは送金してやる」

すると、ようやく絢斗さんが顔を上げた。弦哉さんの言葉に怯むことなく、鋭利な眼差しを向ける。

「あのときと同じだな。お前はこうやって、姉さんのことも陥れた」

「弱みを握られる方が悪いんだろう」

ふたりの間に緊張が走る。やがて絢斗さんは肩を落とし、ふうっと短く息を吐いた。

「残念だ」

そう言って、手元の印刷物を破り捨てる。弦哉さんは片眉を跳ね上げ「なんのつもりだ」とどすの利いた声を上げた。

「弦哉。これはガセネタだよ。俺は部下に裏切られるような仕事の仕方はしていない。お前のように」

そう冷たく言い放つと、すっと立ち上がり声を張り上げた。

「出水さん。連れてきてくれ」

扉の外にいた出水さんが、スーツ姿の男性三人を伴って入ってくる。

「な、貴様ら……！」

弦哉さんは目を見開き、お父様は興味深そうに眉を跳ね上げた。絢斗さんは「彼らは弦哉の秘書だ」と私に教えてくれる。

「申し訳ありません、弦哉様。あなたのやり方には、我々はもうついていけません」

秘書たちが揃って深く頭を下げた。

「彼らは俺を陥れるためのネタを偽造するように、弦哉から指示を受けたと証言してくれた」

つまり、さっきの密告の情報も、彼らが偽造したということ？

「姉の事件についても話してくれた」

絢斗さんの言葉に、お父様の目がすっと細まる。秘書のひとりが、おずおずと口を開いた。

「私たちが志織さんの口座に入金しました。ペーパーカンパニーを作り、さも不正流用した金を横領したように見せかけて」

「あの金のもととなったのは、弦哉さんのポケットマネーです。いえ……正しくは、当時弦哉さんが取締役をしていた関連会社の資金を横領したもの。これを使って偽装しろと指示されました」

志織さんとは、絢斗さんのお姉さんのことだろうか。

横領に見せかけて、お姉さんを陥れたの？　今、絢斗さんにしたのと同じように。

弦哉さんは激高し、目を剥いて彼らに迫った。

「貴様ら、どういうつもりだ！」

咄嗟にお父様が「警備！」と声を張り上げる。弦哉さんが暴力を振るうと警戒したのだろう。

声に応えて、スーツを着た大柄の男性ふたりが部屋に飛び込んできて「落ち着いてください」と弦哉さんを押しとどめた。

「貴様ら、絢斗に寝返ったのか!?」

弦哉さんは体を押さえつけられながらも、秘書たちに詰問する。

「汚れ仕事はもう嫌なんです、いつ不正がバレて捕まるか怯えながら過ごすのは」

「あなたについていっても、いつか捨て駒にされるのが目に見えている。我々も自分の身を守りたい」

秘書たちが口々に不平を漏らす。ひとりが、絢斗さんの前で縋るように膝をついた。

「あの、絢斗様、どうか、我々のことを訴えるのだけは――」

「公にするつもりはない。俺は姉が潔白であることを父の前で明らかにできればそれでよかった。よく証言してくれたね、ありがとう」

絢斗さんが男性の手を取り立ち上がらせる。三人は安堵した表情で顔を見合わせた。

このことを公にすれば、彼らも罪を被ることになる。内々の話とすることが、証言するために交わした約束だったのだろう。

「褒ではないけれど、しばらくは俺の監視下で働いてほしい。命じられたとはいえ、違法なことに手を染めたのは事実だ。君たちが信頼できる人間だと判断でき次第、新たな仕事を斡旋しよう」

「ありがとうございます」

「申し訳ございませんでした」

謝罪を述べ秘書たちが部屋を出ていく。そのうしろ姿に向かって、弦哉さんが仕返しとばかりに声を張り上げた。

「生ぬるいな絢斗。いいのか？　やつらはお前の姉を陥れた張本人だぞ？」

制裁を促すような発言に、三人がびくつく。しかし、絢斗さんは揺るがず、静かな目を弦哉さんに向けた。

「司法取引のようなものだよ。このまま弦哉をのさばらせて新たな被害者を生み出すくらいなら、彼らに温情を与えた方がよほどマシだと判断した」

「公にできない証拠なんぞ、なんの価値がある。脅しにもなっていないぞ？　俺は痛くもかゆくもない！」

「公にできる証拠なら、いいんだな？」

その発言とともに、新たに客間に足を踏み入れる者がいた。使用人の制服を着たその女性は、私がよく見知っている人物。

「小豆沢さん！」

しかし、弦哉さんは彼女のことを覚えていないようで、眉間に深く皺を刻んでいる。

「誰だ、お前は」

「部下の顔も覚えていないのか？　弦哉が暴力を振るった使用人だよ」

どうやら絢斗さんが小豆沢さんを呼び出したようだ。

彼女は入口の近くで腰を折ると、体を震わせながら涙声で訴えた。

「わ、私は、恵真さんを脅す弦哉様を止めようとしたのですが、怒った弦哉様に頬を叩かれ、衣服の胸元を掴み上げられました！」

ようやく思い出したのか、弦哉さんの表情が変わる。

「もしもあのとき、恵真さんが止めてくださらなかったら、もっとひどいことをされていたかもしれません……」

本人を前にして話すのは恐ろしかったのだろう、小豆沢さんはほろほろと涙をこぼし始めた。

「つらい思いをさせたね。ごめん」

絢斗さんの言葉に、小豆沢さんは「私が望んだことですから」と首を横に振る。出水さんに肩を抱かれ、部屋を出ていった。

入れ替わりに、今度は四十代くらいの男性が部屋の中に入ってくる。

よれたスーツに白髪を交じらせた頭髪、頬はげっそりとこけていて、大丈夫ですかと尋ねたくなるような白い顔をしていた。

「……私は、榊弦哉さんに資金提供をすると嘘をつかれ、騙されました。結局資金は出してもらえず、土下座をさせられ、腹を蹴られました」

男性の訴えに胸が苦しくなり、私は口元を押さえた。

「彼は全治二週間の打撲、診断書もある。ちなみに、彼の会社には、うちの傘下の企業が資金提供することになった。倒産は免れ、再建に向けて頑張ってもらっている」

そして絢斗さんは、スーツの内ポケットの中から一枚の紙を取り出し、弦哉さんに突きつける。

たくさんの人の名前と印が押されている。なにかの署名のようだけれど……。

「ここにあるのは、過去にお前が暴力を振るった女性たちの署名だよ。彼女たちはお前を訴えると言っている」

次から次へと出てくる被害者たちに、弦哉さんは愕然と目を見開いた。さすがに己の劣勢を悟ったのか、唇がわずかに震えている。

「それと、これは俺も想定外だったんだが――」

次に出水さんに伴われ部屋に入ってきた男性は、なんとなく見覚えがあるような気がした。

絢斗さんに「彼は弦哉の運転手だ」と教えられ思い出す。そうだ、別荘で弦哉さんに怒鳴られていた運転手さんだ。

「……その、私は、弦哉様がそこのお嬢さんを、歩道橋の階段から引きずり落とすところを目撃しました……私が運転していた車のドライブレコーダーにすべて記録されています……」

その内容に一番驚かされたのは私だった。

私は事故で階段から落ちたのではなく、弦哉さんに落とされたの？

そのとき、水色の歩道橋が頭の中に蘇ってきた。スマホを握りしめながら必死に走る私。うしろから追ってくる鬼のような形相の弦哉さん。

絢斗さんの番号をタップしたとき、肩を掴まれた。背後に引っ張られ、ヒールの踵を踏み外しバランスを崩して逆さまになって――。

咄嗟に頭を押さえると、絢斗さんが「大丈夫か」と私の肩を抱いてくれた。

弦哉さんは警備に取り押さえられた体を必死に動かしてもがきながら、運転手を睨みつける。

「貴様！　なにを、言って……！」

「申し訳ありません……隠蔽すれば私も共犯者になると聞いたものですから……」

運転手は怯えたように部屋を出ていく。絢斗さんは私を抱き支えながら、静かに口を開いた。

「殺人未遂を揉み消すのはさすがに難しいだろう、弦哉」

怒りに震えていた弦哉さんだったが、殺人未遂という言葉を聞いて血の気が引いたようだ。もう言い逃れはできない。ドライブレコーダーという確固たる証拠もある。

「俺が一番、お前を許しがたいのは、恵真に怪我を負わせたことだ」

「貴様……卑怯な手を使いおって……」

弦哉さんが熱に浮かされたように呟く。

彼にとっての想定外は、自分の部下たちが揃って裏切り、絢斗さんについたことだろう。金や暴力、脅しだけで人の心は掴めないのだと、彼は気づけなかった。

「忠告したはずだ。身を滅ぼしたくなければ、他人に敬意を払うことを覚えろと」

絢斗さんの言葉をきっかけに、弦哉さんの中でなにかが壊れた――ように見えた。

「うるさい！ この生意気なくそガキが！」

絢斗さんに掴みかかろうとしたが、すぐに警備の面々が弦哉さんの体を拘束し、身動きを封じる。

「やめんか！」

見かねたお父様が声を張り上げる。

「離せ、離せえ！ 俺を誰だと思っている！ 俺は榊家の当主になる男だぞ！」

絢斗さんが私を部屋の入口の方へ逃がした。弦哉さんの近くにいては危ないと踏んだのだろう。

息子の醜態を目にしたお父様は、眉間に深く皺を刻んで口を開く。

「兄弟どちらが経営者として優れているか、当主に相応しいか、はっきりした。弦哉、お前は手を黒く染めすぎた。人を騙し偽り手に入れたものは砂上の楼閣にすぎん」

「ふざけるな！　俺以外に務まるわけがない！　俺以外には！」

激しく身をよじり、警備のひとりを弾き飛ばす。もうひとりが弦哉さんを羽交い絞めにするが押さえ切れず、お父様に向かって飛びかかる。

弦哉さんの拳がお父様の頬にめり込み、ゴッと鈍い音がした。

「きゃあ！」

思わず私は悲鳴を上げ、口元を押さえる。

すかさず絢斗さんが弦哉さんの腕を掴み、殴りかかってきた勢いを利用して床に転がした。

倒れ込んだ弦哉さんの上に、警備のふたりが馬乗りになり押さえつける。怒号や悲鳴を聞きつけた使用人たちも集まり、総出で身動きを封じた。

絢斗さんはお父様のもとへ駆けつける。

「父さん！」

真っ先に救護に向かった出水さんが、白いハンカチでお父様の口元を拭った。口の中が切れたのか、出血しているみたいだ。

「病院へ行こう。出水さん、車の手配を」

「かまわん。育て方を間違えた私の業だ」

お父様は毅然と言い放ち、立ち上がる。

「全員外へ。落ち着くまで弦哉を部屋に拘束しておけ」

そう指示し、私たちを連れ立って廊下に出た。


私たちは別室に移動し、お父様の傷の手当てをした。

頬が赤く腫れて痛々しい。もしかしたら、頬骨にひびが入っているかもしれない。

「やはり病院で診てもらった方がいい。出水さん、先生に連絡を」

絢斗さんの指示を受け、出水さんは部屋に備え付けてあった電話で病院に連絡をする。

お父様は頬を冷やしながら、ゆっくりと私に向き直った。

「見苦しいところをお見せして、申し訳ありませんでした……」

少し頬をもごもごさせながら謝罪する。傷のせいで喋りづらそうだ。

「いえ、私は大丈夫です。喋ると傷に響くのでは――」

「私はあなたに謝罪しなければならないことがたくさんある」

そういえば弦哉さんが来る前も、謝罪がどうと話していたけれど、どういう意味だったのだろう……？

すると、お父様は絢斗さんを睨みつけ、低い声で一喝した。

「嫁入り前の女性を妊娠させるなど言語道断だ。本来であれば私が恵真さんのご両親のもとへ頭を下げに行くべきなのに、お前は妊娠のことをずっと私に隠していたな」

……どうやらお父様は、結婚相手が私だったことを不満に思っていたわけではなく、結婚前に私を妊娠させたことが許せなかったみたいだ。

「なんの考えもなく妊娠させたわけではないよ。責任を取る覚悟があった」

「お前になんの責任が取れるというんだ、おごるでない。両家の了承を得る前に妊娠させるなど、お前のエゴでしかないわ！」

一方的に責められている絢斗さんが不憫になり、私は口を挟む。

「あの、私にも責任が――」

「これは男が筋を通すべき問題です」

きっぱりと言い切られ、なにも反論できなくなった。古風というか頑固というか。とても礼節を重んじる方のようだ。

「なにより、弦哉があなたにひどいことをしたようだ。大変申し訳なかった」

お父様がこちらに向き直り、深く頭を下げる。私は「とんでもありません」と手を横に振った。

「頭の傷は大丈夫ですか？」

「はい、大丈夫です。少しだけ記憶障害が残っていますが、生活する分には差し支えありませんので」

「弦哉には、これから一生かけてきちんと罪を償わせるつもりです。あれは昔から、何事も一番でなければ気が済まない性格だった。かつても同じようなことをして、長女の志織を蹴落とそうとした」

お父様の言葉に絢斗さんは目を丸くする。

「もしかして父さんは、志織姉さんが潔白だって気づいていたのか？」

「当然だ。だが、あえてあのままにした。それが志織の望みだった」

「姉さんの？」

「志織は当主の座に執着がなかった。意欲のある人間がやるべきだと、弦哉に譲ったのだ。次期当主の座を与えることで、弦哉の中の歪みが正されるのではないかと私は期待した。今、罪を犯したとしても、将来的にまっとうな人間になってくれるのならば、それでいいと」

真実を聞いて、絢斗さんがかくんと肩を落とす。「知っていたなら、もっと早く言ってくれ」と額に手を当てた。

「だが、弦哉の歪みは消えなかった。あのとき甘やかしたことが、さらなる歪みを招いてしまった。手を汚すことに罪の意識がなくなってしまったのだろう」

私たちは沈黙する。横暴なやり方で築いた地位を横暴なやり方で保つ。弦哉さんにとってはそれが当然になってしまった。

お父様は更生を望んでいたけれど、そううまくはいかなかった——。

「車が用意できました」

出水さんの言葉で私たちは顔を上げた。

お父様は「仕方がないな」と少々面倒くさそうに立ち上がる。動くと痛みが増すらしく、一歩踏み出すごとに顔を引きつらせている。

「あの、お父様」

私が声をかけると、お父様はゆっくりとこちらに振り向いた。

「私は、絢斗さんと一緒になれて、とても幸せです」

お父様は筋を通せていないと言うけれど、私は妊娠してよかったと思っている。彼と結婚したことに後悔はないし、かわいい娘を産めて幸せだ。

私の言葉に、お父様はゆっくりと目元を緩ませていく。

「今度ゆっくり、孫の顔を見せてください」

「はい！」

しばらくすると、シッターの女性が真紡を抱いてやってきた。すやすやと眠る真紡を起こしてしまわないようにそうっと預かる。

寝息を立てる無垢な娘を、絢斗さんは柔らかな眼差しで見つめる。

「真紡がお腹を空かせる前に帰ろうか」

「ええ」

私たちはお父様に続き屋敷を出ると、絢斗さんの車に乗り込み自宅へ戻った。

家に辿り着く頃には、真紡は目を覚ましていた。車を降りた途端、お腹が空いたことを思い出したのか、ふえぇとぐずり始める。

「待っててね、今ご飯あげるから」

リビングの端にはふたりがけのソファが置かれている。授乳スペースだ。絢斗さんに背中を向けた状態で母乳をあげられるよう、ソファは壁向きになっている。

しかし、絢斗さんはわざわざ回り込んで私の隣に座った。にこにこしながら授乳する姿を眺めている。

「………そんなにまじまじと見ないでもらえない？」

毎日だからもう慣れっこだけれど、よくよく見つめられると恥ずかしい。

なんのために授乳スペースを作ったんだか。彼が見に来ちゃったら元も子もない。

「そんなこと言わないでくれ。ふたりがそうしているのを見るの、結構好きなんだ」

にんまりとしながら真紡を──ひいては私の胸を見つめているので、複雑な気分になってくる。絢斗さんは「やましい意味じゃないよ」と弁解した。

「おいしそうに飲んでいる真紡はかわいいだろう。俺にはしてあげられないことだ」

「それはそうかもしれないけれど……」

お腹を空かせて必死に母乳を飲む姿を見守ってあげられるのは、母親の特権なのかもしれない。しがみつくように触れる小さな手も、とても愛らしい。

「それに、お母さんしてる恵真を見るのも、結構好きだ」

そう言ってひじ掛けに頬杖をついて、柔らかな笑みを浮かべる。

「これが俺の家族なんだって実感する。俺はこの命を未来に繋いでいくために、これまで生きてきたんだ」

絢斗さんが真紡の頭をそっと撫でる。真紡はある程度飲んで落ち着いたのか、今はごくごく飲むというよりも、おっぱいをくわえてうっとりと浸っている様子だ。

「父には怒られたけれど、恵真を妊娠させてしまったことに後悔はない。今が幸せだと思えるから」

そう告げて、今度は私の頬に触れる。

「産んでくれてありがとう、恵真。俺のわがままに付き合わせてごめん」

お父様にエゴと言われたことを気にしていたのかもしれない、少しだけ申し訳なさそうな顔をする。

「お礼を言いたいのは、私の方よ」

これまで結婚も出産もほとんど考えたことがなかったのに、記憶を失い、気がつけば私は妊娠していて、突然お腹の子の父親と名乗る人物が現れて……。

戸惑い、ずっと不安を抱えてきたけれど、絢斗さんのそばに来てからは心が落ち着いた。

絢斗さんがお腹の子の父親だと理解した瞬間、不安は喜びに代わり、この身に命を宿してもらえたことをとても嬉しく感じた。

「絢斗さんでよかった。これからの人生はふたりのために使っていきたいと思うの」

真紡を育てるために、そして絢斗さんを支えるために、今の私は生きているのだと思うから。

しかし、つんと額を突つかれ、私は目を丸くした。わずかに頬を膨らませた絢斗さんがこちらをじっと見つめている。

「自分のことも数に入れてくれ」

ぱちりと目を瞬く。

「忘れないで。恵真の笑顔が、俺の原動力なんだから」

そう言って、絢斗さんは私のこめかみにちゅっと口づける。

やはりこの結婚は、妊娠は、間違いではなかったのだと、今この瞬間強く思った。


半年後。絢斗さんが連れていってくれたのは、知り合いが経営するという上品な寿司割烹。

私が記憶を失っている間にも一度来たことがあるそうだ。着物姿の美人な女将が店を切り盛りし、ストイックそうなご主人が料理長を務めている。

テーブル席には私と絢斗さん、真紡の他にふたり。絢斗さんの姉、志織さんとその娘の結衣《ゆい》ちゃんがいる。ふたりとも今日、初めて顔を合わせた。

「絢斗に素敵なお嫁さんが来てくれて本っ当によかった」

志織さんはとても快活で、表情が豊かな人。絢斗さんより十三歳も上だけれど、若々しく見える。

「それから、こんなにかわいい赤ちゃんまで生まれちゃうなんて」

私の隣でベビーチェアに座っている真紡を笑顔で見つめる。

真紡はもう六カ月。首が据わって椅子に座れるようになり、離乳食も少しずつ食べられるようになってきた。

今は店のご主人が特別に作ってくれた鯛をすり潰して混ぜた十倍粥を食べている。

「あ、もっと食べたがってる！」

そう言ってかわいいかわいいと真紡を眺めているのは小学四年生の結衣ちゃん。

結衣ちゃんは妹や弟がいないこともあり、赤ちゃんとの触れ合いが新鮮みたいだ。

絢斗さんを押しのけて真紡の隣に陣取り、ほっぺや手をツンツンして喜んでいる。

「今日はいっぱい食べるね。よっぽどおいしいみたいだ」

テーブルの反対側から絢斗さんが穏やかに見守る。

「みんなでご飯を食べるのが楽しいみたい。普段はもっとぐずるんですよ」

私の言葉に、志織さんが笑った。

「今日は結衣がいるからね。子どもは子どもが大好きだから」

「私、子どもじゃないのに！」

不満を漏らす結衣ちゃんに、みんなの表情が綻ぶ。

結衣ちゃんは真紡のお姉さんになった気分なのだろう。たくさん世話を焼いてかまってくれるので、私は助かっている。

それに真紡も結衣ちゃんが気になっているらしく、目で追いかけている。結衣ちゃんの大きな動きや元気で高い声に反応しているようだ。

「ところで、恵真ちゃんってアパレルのお仕事をしていたんでしょう？　復職するの？」

切り出してきた志織さんに、私は苦笑いで答える。

「一応、近い業種で探してはいるんですが、なかなか条件に合うところがなくて」

真紡が三月生まれだったこともあり、保育園のゼロ歳児クラスには幼すぎて入れなかった。もうすぐ一歳児クラスの募集が始まるので、復職を考え始めてはいるのだけれど、サービス業は土日勤務が必須の場合が多く、育児をしながらは難しい。とくに急な子どもの病欠や保育園からの呼び出しにも応じられる自由の利く職場は少ない。

「就職先が決まってないなら、うちに来る？」

志織さんの提案に驚いて、私は目をぱちりと瞬いた。絢斗さんが「姉さんは今、子供服のセレクトショップのオーナーをしているんだっけ？」と尋ねる。

「ええ。経営から退いてしばらくは主婦をしてたんだけど、家にいるのはやっぱり性に合わなくて。三年前に子供服や雑貨のセレクトショップを立ち上げたの」

そう言って、スマホでショップのサイトを開いて見せてくれる。

「子供服の販売だから、従業員はほとんど恵真ちゃんみたいなママさんよ。急な休みを取る人も多いけど、それを見越して人数多めで回してもらってるの。のんびり気負わず働けるって好評よ」

売り場は柔らかそうな木製のフローリングと明るい色の棚。暖かみがありながら、上品さや清潔感もある。

「それに恵真ちゃんは、以前ハイブランドのショップで働いていたんでしょう？　きめ細かな接客をしてくれそうだし、うちの客層にもぴったりはまると思うのよね」

立地はブランドショップも多く集まるハイセンスな街。高級住宅街からも近く、おしゃれなママさんがたくさん来店するそうだ。

私がこれまで経験を積んできた、お客様ひとりひとりと真摯に向き合い提案する接客スタイルが活かせるかもしれない。

「もし興味があったら、一度見においで」

「ぜひ行かせてもらいます！」

笑顔で応じる私に対して、絢斗さんは少々複雑な顔をしている。

「その様子だと、もう榊家の経営に戻るつもりはなさそうだね」

「あら、戻ってきてほしかったの？　残念、私、今の生活が一番楽しいのよ」

未練などまったくないとでも言うように、志織さんはカラッと笑う。

「弦哉はまだ療養しているの？」

志織さんの言葉に、絢斗さんは黙って頷いた。

あれから弦哉さんは精神的に不安定になり、突然叫んだり暴れたり、とても仕事ができるような状態ではなくなってしまった。

一時期は精神科に入院していたが、今は私がかつて閉じ込められていた別荘で療養生活をしているという。

医者の話によると、完治して社会復帰するには、長い時間がかかるだろうとのこと。復帰できたとして、暴力を振るった人たちやパワハラを働いた部下たちへの責任問題もある。以前のように経営者として腕を振るうことは難しいだろう。

「絢斗ならひとりでも大丈夫よ。人との繋がりを大切にできる子だもの。自由にやればいいわ」

経営者として大事なのは、目先の利益に囚われることなく、全体を俯瞰すること。

だが、決してそこに働く個人を無視していいというわけではない。

ひとりひとりと真摯に向き合い、人材を大切に育む、それが榊家の経営の本質なのだと、絢斗さんは私に教えてくれた。

絢斗さんなら、それができると思う。きっと志織さんも信頼しているのだろう。

そこへ、女将の麗子さんが豪華な握りを運んできてくれた。

「こちらは季節の握りになります。真紡ちゃんにはカブとニンジンのとろとろ煮よ。お飲み物はお茶でいいかしら？　結衣ちゃんはアップルジュース？」

結衣ちゃんは「はい！」と元気に返事する。

私は自分の前に置かれた握りに目を落とし、ハッとした。

アオリイカの繊細な飾り切りと、色とりどりの錦胡麻。初めて食べるはずなのに、初めて見た気がしない。

「この髪飾りみたいなイカ、食べた記憶があるような……」

私の言葉を聞いた麗子さんがふふっと吹き出す。

「そうそう！　このイカを髪飾りにたとえたのは、これまで恵真ちゃんだけよ」

一方、絢斗さんはため息交じりに額を押さえている。

「どうして恵真はそういう記憶ばっかり思い出すんだろうなあ」

「あのときのマグロも出してみようか。なにか思い出すかもしれないな」

キッチンの向こうで話を耳にしたご主人が、マグロの握りを準備する。

「ねえ、恵真お姉ちゃん。記憶喪失ってどんな感じ？」

無邪気な質問を投げかける結衣ちゃんを、志織さんは「こら！」とたしなめるけれど、私は「大丈夫ですよ」と笑って答えた。

「記憶がないのは三カ月だけだから、たいしたことはないんだけどね。強いて言えば、宝探しみたいな感じかな」

「宝探し？」

「そう。たまに思いもよらないところで記憶が蘇るの。そうすると、宝物を見つけたみたいに、嬉しい気持ちになれるから」

今日私は、絢斗さんと一緒にイカの握りを食べた記憶を思い出すことができた。

そうやって少しずつ、大切な記憶を取り戻していく。なんだかそれが、今では楽しくもある。

「お姉ちゃんの頭の中には、たくさん宝物が眠ってるんだね」

きっとその通りだ。結衣ちゃんの言葉に頷く。

やがて、自分の前に置かれた料理に興味を示した真紡が「あうー」と唸り出した。

「お姉ちゃん、真紡ちゃんが食べたいって」

「よし、じゃあ、食べてみよっか。まずはカブさん」

口に入れると気に入ったらしく、もっととねだる。出汁の利いた優しい味が好みだったみたいだ、いつも以上に離乳食をもりもりと食べている。

「私もあげてみていい？」

「うん。じゃあ、ゆっくりお願いね」

結衣ちゃんが小さなスプーンにとろとろのカブを載せて、真紡の口に持っていく。

そんな私たちを、絢斗さんと志織さんは穏やかに見つめていた。


その日の夜。真紡はたくさんはしゃいだせいか、すぐに寝付いた。

無垢な寝顔、そのぷにぷにのほっぺたにキスをして、私は部屋を出る。

リビングに向かうと、絢斗さんがソファに深く腰かけ、真面目な顔でスマホを眺めていた。お仕事だろうか？　話しかけるのを躊躇っていると。

「恵真」

私に気づいた彼が顔を上げ、こちらにおいでと手招いた。

「大丈夫？　お仕事、忙しいんじゃ……」

「少し確認していただけだ。問題ないよ」

そう言って膝の間に座った私をうしろから強く抱きすくめる。

こうしていると体の緊張がほどけていくのがわかる。彼の体温に包まれて心地いい。

普通、男性とこういうことをすると、ドキドキして体がこわばるものだと思うのだけれど、不思議とそうならないのは、記憶を失っている間に様々なこと――彼との濃密なスキンシップを経験したからなのだろう。

本当はふたつの体がひとつになるくらい、深く重なり合ったはずなのに、自分だけ思い出せないのは複雑だ。私だけ初心な子どもに戻ってしまったみたい。

絢斗さんも、出産して間もない私を気遣っているのか、体を重ねようとは言ってこない。

「……恵真の中には、俺たちが愛し合った記憶はないんだよね」

同じようなことを考えていたのかもしれない。絢斗さんが寂しげに呟く。

「はっきりとは……」

「自分が知らない間に孕まされたって感じなのかな」

戸惑ったような声を漏らす彼に、私は「そんなんじゃない」と慌てて言い募る。

「嫌だとか、そういうことを思ったことはないの。きっとそのときの私は望んでしたのだと思うから」

たくさん愛して、たくさん愛されたのだと思う。不安や後悔などなかったと、心の奥深くが教えてくれている。

「それに、キスをしたときは、とても自然にできたから――」

唇を重ねた瞬間、体が先に思い出した。彼とこうすることが、とても心地よく幸せなのだということを。

「きっと愛し合うときも……」

自然に重なり合える気がするのだ。きっと体が彼を求めるはず。

「……試してみてもいい？」

耳をくすぐる甘い囁きに「ん……」と声を漏らし首を縦に振る。

絢斗さんが背後から私を抱きすくめ、服の下に手を差し入れた。

「あ……」

温かな指先で優しく撫でられ、吐息が漏れる。お腹をくすぐる感触が次第に上へと伝ってきて、呼吸が浅く速くなってきた。

「恵真」

私の名を呼ぶ甘い声は、艶めかしくどこか懐かしい。自然に体が昂って、体温が上昇する。

「顔を見せて」

恥ずかしくて伏せていたのに、顎を支えられ彼の方に顔を向けられる。

絢斗さんは私を覗き込み「すごくかわいい」と漏らして口づけた。

私をソファに寝かせると、今度は前から私に触れる。服をたくし上げお腹にちゅっと口づけて、ぬるい感触を上へと這わす。

「絢斗さん……」

恥ずかしくて心臓が止まりそうだ。おかしいな、彼とは初めてじゃないはずなのに。

体は確かにこの感覚を覚えているのに。

「あの……記憶がないせいで、すごく恥ずかしい」

「大丈夫だ、恵真は記憶なんて関係なく、いつも恥ずかしがっていた」

彼が胸元で囁く。なんだそうなのかと腑に落ちると同時に、全然大丈夫じゃないと慌てる。

「何度も恥ずかしがらせてたってこと？」

「ひどい言い方だ。まあ、でも、あながち間違ってはない」

彼の唇が胸に触れる。ずくんと体が疼いて痺れに見舞われ、小さな悲鳴を漏らした。

こうして記憶がない間も、彼は私の体で愉しんでいたのかしら？

悔しいし恥ずかしいけれど、こうして弄ばれることを嫌と思っていない自分がいる。

「その顔、すごくかわいいって、初めて抱いたときから思ってた」

絢斗さんはくらくらしている私を抱き上げ、寝室に運んだ。ベッドに寝かせると控えめに明かりを灯し、自身のシャツを脱ぎ捨てる。

その逞しい体に、私は触れたことがある。そうっと手を伸ばすと触れる前に掴み取られて、甘い笑みで遮られた。

「君の番だ」

そう言って、恥じらう私を脱がせていく。ふたりの間を阻むものをすべて取り払い、強く体を重ねて、お互いの体温を確かめ合う。

この感触を、きっと私は知っている。心地よさの先になにがあるかを――。

「優しくするけど……止まらなくなっちゃったらごめん」

許してと、甘えるように囁く。きっと止めるつもりもないのだろう。もしくは、私を満足させる自信があるのかも。

「大丈夫。私、あなたのそれ、好きだから」

求めるように手を伸ばすと、彼はその手をしっかりと掴み取って「思い出したの？」

と頬ずりした。

「ううん。でも――」

記憶はないはずなのに、わかるような気がする。彼と交わる恍惚、そして、ひとつになれた瞬間の幸福を。

「なんとなく、覚えているの」

指先に彼がちゅっとキスをする。

「きっと君を満足させる」

絢斗さんの鋭く艶やかな目は、見覚えがあった。私を心から求めてくれている目。

重なった体から、彼の情熱が伝わってくる。

「思い出せなくてもかまわない。また俺がゼロからひとつずつ教えていくから」

きっと初めて彼と体を交わらせたときも、手取り足取り教えてくれたのだろう。

彼がもたらすわずかな痛みと心地よさ。体の中で次第に熱が膨らんでいき、快楽が荒波のように押し寄せる。

私は彼の手を強く握り込み、求めに応えた。

エピローグ

今日は真紡の一歳の誕生日。絢斗さんはびっくりするほどたくさんのプレゼントを用意した。

「もう！　甘やかしすぎ」

「だって、ひとつに決められないだろう？」

ドレスにおもちゃに絵本にぬいぐるみ――リビングはギフトボックスで溢れかえっている。悪びれもしない絢斗さんに、私は目を吊り上げた。

「気持ちはわかるけど、なんでもかんでも買ってあげるのは教育に悪いでしょう？　来年からはちゃんとひとつに絞ってね」

絢斗さんは「わかったよ」としょんぼりして肩をすくめる。

当の真紡はよく理解しておらず、おもちゃに囲まれて幸せそうだ。ピンク色のふわふわのドレスを着て、お姫様みたい。

テーブルの上にはイチゴの載ったショートケーキが置いてある。といっても、生クリームはまだ食べられないので、ヨーグルトをこしてクリーム状にした。

真紡の前にケーキを置いて、私と絢斗さんがハッピーバースデーと歌う様子をスマホで録画する。

週末には、私の実家に真紡を連れていく予定だ。両親や兄は、真紡にお祝いのご馳走やプレゼントを用意してくれるそう。そのときにこの動画を見せてあげよう。

「ままー、まー、うーっ」

どうやら早くケーキを食べたいらしく、苛立った声で唸っている。

ケーキを切り分けて真紡の前に置いてやると、スプーンでぺちっと叩いた。まだ上手にスプーンが使えないけれど、食べる気力はみなぎっている。

「よーし、いただきまーす」

私がスプーンを口元に運んであげると、ぱくりと食べた。おいしかったようで、もっともっとというジェスチャーをする。

絢斗さんはケーキのトッピングに使っているイチゴをナイフで角切りにしてくれた。イチゴもヨーグルトとともにぱくり。

「おいしい?」

「いっちー!」

大満足のようでもりもり食べてくれる。

「本当に、さっぱりしてておいしいよ。サワークリームみたいだ」

味見をした絢斗さんも満足してくれた様子。真紡用にお砂糖はほとんど使っていないのだが、ヨーグルトのさっぱりした甘みがちょうどよかったみたいだ。

「気に入ってくれてよかった」

真紡はたっぷり食べて、たっぷり遊んだあと、お風呂に入って就寝。あどけない寝顔を見ると、かわいさに胸がきゅんとなる。

同時に、今日もひと仕事終えたとホッとする。ここからは大人の時間だ。


「大人はシャンパンで乾杯だ」

そう言って、絢斗さんがグラスにシャンパンを注ぐ。真紡が断乳し、とうとうアルコールも解禁だ。

来月から真紡は保育園に通い、私は志織さんがオーナーを務めるセレクトショップに就職することが決まった。

お祝いも兼ねて、約二年ぶりのシャンパンを飲む。

「はあ。おいしい。……甘いのを選んでくれた？」

「久しぶりだから、飲みやすい方がいいと思って」

フルーティーで甘みの強いシャンパンをチョイスしてくれたみたい。ぐいぐい飲めてしまいそうだから、飲みすぎないように気をつけなくては。

細長いシャンパングラスに立ち上る気泡を見つめていたら、ふとある情景が蘇ってきて、私は思わず「あ」と呟いた。

絢斗さんが怪訝な顔をして「どうしたの？」と尋ねてくる。

「ひとつ、思い出したことがあるんだけれど……」

「へえ？　どんなこと？」

「絢斗さんが知らない女性と一緒に食事をしていて、それを私が上から眺めているっていう……」

絢斗さんがシャンパンを飲み込み損ねてごふっとむせる。

咳き込む彼の背中をさすりながらも、私は冷ややかな目を向けた。

「絢斗さん、浮気してたの？」

「違うよ、誤解だ。どうして君はそういうことばかり……」

本気で焦った顔になって、絢斗さんが弁解する。

「食べ物に関することはよく思い出せるの。味や香りで脳が刺激を受けるみたい」

「単に食いしん坊なだけじゃない？」

ぎろりと絢斗さんを睨む。先ほどの浮気疑惑と相まって余計に睨みが利いて、絢斗さんは気まずそうな顔で目を逸らした。

「……まったく。本当に思い出してほしいことは、全然思い出してくれないのに」

「たとえば？」

「当然、俺と恵真が愛し合った記憶。ふたりで過ごした時間」

そう言って、私の頬にちゅっと口づける。

そんな甘い仕草も記憶にはないものの、なんとなく体が覚えているようで、懐かしいような気恥ずかしいような気持ちになる。

「起きたことひとつひとつを覚えているわけではないけれど、そのときの気持ちは覚えているのよ？」

「気持ち？」

絢斗さんが不思議そうに首を傾げる。

私はこくりと頷いて、シャンパンをテーブルの上に置くと、彼の頬に手を添えた。

「絢斗さんのことが好きとか、絢斗さんのことなら信じられるとか。記憶がなくなったからって、気持ちまでなくなったわけじゃないの」

絢斗さんへの想いは、変わらずに存在している。

私が経験した出来事は、すべて絢斗さんへの信頼となって心に蓄積されている。だから、忘れているからといって、なかったことにはならない。

「私と絢斗さんが過ごした時間は、ちゃんと私の中にある」

記憶などなくても、愛があるから大丈夫。そう伝えたくてキスをしようとすると、その前に唇を奪われてしまった。

二度、三度と舐め取られたあと、深くゆっくりと舌を差し入れられ、甘い唇の愛撫を施される。

「君が今、想像している以上に、俺たちは情熱的に愛し合っていたかもしれない」

絢斗さんが艶やかな目で挑発してくる。もっと愛し合いたい、全身で愛し合おうという合図に思えた。

「私はもう充分、愛しているわ。絢斗さんが鈍感なだけよ」

「恵真の伝え方が足りないんじゃないか？　もっと激しく求めてくれてもいいのに」

グラスを置いて倒れ込んでくる絢斗さんを受け止めて、背中に手を回す。ソファと絢斗さんに挟まれて甘く切ない重みを感じる。

「恵真の愛を見せてくれる？」

「もう？　シャンパンを開けたばかりなのに」

「飲みながらでもかまわないけど？」

「そんなの無理よ」

どうせすぐ夢中になって、シャンパンなど目もくれなくなるくせに。

私が彼の体を突き放すと、絢斗さんはいじわるな笑みを浮かべてシャツのボタンを外し始めた。

「君の中に入らなくちゃ、伝わらないな」

獰猛な眼差しに体が熱くなる。反射的に下腹部がずくんと疼く。

「体調はもう戻った？　そろそろふたりめを考えようか？」

「ふ、ふたりめ!?」

もうすぐ再就職だというのに、早速妊娠だなんて。せっかく雇ってくださった志織さんに申し訳が立たない。

「ちょっと待って、志織さんになんて謝ったらいいか」

「俺が代わりに土下座してくるよ。姉さんなら許してくれるから大丈夫」

「もう――！」

問答無用で私を求めてくる彼を、苛立たしくも愛おしくも思う。

なんて彼は素敵で、かわいらしくて、頼もしくて、いじわるで……。

「恵真、愛しているよ」

そう甘く囁かれると、どんなわがままも許してしまえる。その強欲な態度の裏側には、私への深い愛と慈しみがあるのだとわかるから。

「私も、愛してる」

悔しいけれど、彼しか見えない。記憶があってもなくても、結局は彼を選ぶのだから同じこと。

私たちは夫婦であり、家族であり、愛し合う一組の男女であり――。

「もう、離さない」

身も心も距離をゼロにして、私たちは深く愛し合う。

揺らぐことのない愛を確かめながら、ずっといつまでも。きっとこうして私たちは愛し合い続けるのだ。

END

あとがき

こんにちは、伊月《いづき》ジュイです。本作品をお手に取っていただき、ありがとうございます。

子どもの頃から格好いいメンズの活躍する漫画や小説が大好きで、きゃっきゃ言いながら読んでいたのですが——今思えば、お気に入りのキャラはだいたい『なにを考えているかわからない不敵な男』でした。

プレイボーイに見えるけれど、実際はまったく遊んでおらず、仕事にストイックで——なんてギャップオプションがついていると、まんまとハマってしまいます。

絢斗の登場は、そんな不敵な男のイメージで書きました。

早めに彼視点のエピソードを入れたので、絢斗がどんな人間かは序盤でわかっていただけたかと思いますが……軽率に甘い言葉を囁いたり、おどけて茶化してみたり、かと思えば真剣な表情を見せたり。涙脆い一面なんかもあったりして。

大人っぽいような子どもっぽいような、一筋縄ではいかない絢斗に、読者の皆様が恵真と一緒になって振り回されてくれたら嬉しいなあと思います。

一方の恵真は、悪役キャラに「この女がいい」と一発で見初められるほどの美人。羨ましい（笑）。

ただ、私も背が高かったりゴツかったり、かわいげがない側の女子なので（涙）。その苦悩と憂鬱を恵真に押し込めさせていただきました。

小っちゃくかわいく生まれたかったなあという恵真の願いは、そのまま私の願いでもあります。

逆に小柄な方は、恵真のようなスラッとした女性に憧れるのかもしれませんね。

自分の個性を愛して胸を張れるといいのですが、なかなか難しいものです。

最後になりましたが、出版にあたりお世話になった担当編集様、ハーパーコリンズ・ジャパンの皆様、本当にありがとうございました。

表紙を描いてくださったのは、浅島《あさじま》ヨシユキ様。格好よく色気もたっぷりな絢斗を素敵に描いてくださいました。あでやかなお着物に袖を通す恵真と、とっても愛らしい真紡もありがとうございます！

なにより、この本をお手に取ってくださった皆様に感謝を。

本作で皆様の一日がちょっぴりハッピーに傾いたらいいなあと祈りを込めて。

伊月ジュイ

marmalade bunko
マーマレード文庫

秘密の一夜から始まる懐妊溺愛婚
～財界策士は囚われ花嫁をベビーごと愛で包み抱く～

2022年12月15日　第1刷発行　定価はカバーに表示してあります

著者　伊月ジュイ　©JUI IZUKI 2022
編集　株式会社エースクリエイター
発行人　鈴木幸辰
発行所　株式会社ハーパーコリンズ・ジャパン
東京都千代田区大手町1-5-1
電話　03-6269-2883（営業）
0570-008091（読者サービス係）
印刷・製本　中央精版印刷株式会社

Printed in Japan ©K.K. HarperCollins Japan 2022
ISBN-978-4-596-75741-8

m a r m a l a d e b u n k o